파도처럼 파도처럼 바람처럼

萬

人

譜

만인보

완 간 개 정 판

만 인 보

고 은

萬人譜

19 / 20

창비

만인보 19

만인보 20

일러두기 ———

　　완간 개정판 『만인보』 19・20권은 초판본(창비 2004)에 저자의 개고분을 반영하였습니다.

만인보

19

萬人譜

어느 부부

오늘 하루의 뜻을 모른다
일하러 간 아내 돌아와
램프불을 밝힌다
머리의 눈
어깨의 눈 턴다

타인이 없는 곳 슬프다

심심했지
라고 남편을 위로할 뻔했다
힘들었지 힘들었지
하고 아내를 간절히 위로할 뻔했다

의병제대 석 달째 누워 있는 남편에게
타온 약봉지를 꺼내준다

스트렙토마이신 15알
펜잘 10알
베스타제 15알

밖에서는 눈이 그치지 않는다 먼 곳이 있다

연안 차씨

포탄 잘못 떨어졌던
앞산에서
여우가 이쪽을 바라본다 가랑비가 왔다

향년 98세
연안 차씨
그녀의 관이 내려갔다
흙 한삽
툭 던진다

묻힌다

다섯 살 아래였던 영감 죽은 지 40년 저쪽
연년생 아들 셋
딸 하나 죽은 지 20년 저쪽

손자
손녀 아홉 죽고
남은 핏줄
손녀 하나 있다 춘자라던가 춘희던가

미8군 수송부 상사 마이클의 여자
미국 따라갔다
미국 가서 이혼한 뒤

16

행방불명

과연 연안 차씨 그녀 자손 하나도 남은 것 없다
시원하고녀 시원하고녀

유해진 경위

인간일 필요가 없다
충남 아산 신창지서 주임 유해진이
빨갱이
회색분자 잡아들였다
그 가족들 잡아들였다
인공의 여름밤
마을회의에 참석한 자도 잡아들였다

지서 근처 창고가 임시 유치장

인간일 필요가 없다
반반한 아낙들 처녀들
밤마다 불러다가
조서를 썼다
조서를 쓰다가
숙직실로 데려갔다

아냐 인간이란 이런 것이다
그 가운데 한 여자
첩을 삼아
셋방 차렸다

네 이년 행여 딴생각하면
네 오라비 잡아올 거여

그놈 숨은 곳
내가 다 알고 있어

사실인즉 오빠는 의용군으로 끌려가
행방불명이었다

토지국민학교 마당

오늘밤도 처녀귀신이 호호호 웃어댈까

지리산 피아골 밑
토지국민학교 마당
풀섶 우북하다
하늘도 자주 웅덩이 같다

한밤중 흐드러진 벌레소리
뚝 멈추고
천근 적막
거기 호호호 웃음소리 온다

여순(麗順) 때
산으로 간 박정도 약혼자 서진자가 잡혀
이 마당에서 죽었다

생전 웃음소리
그대로
생전 걸핏하면 울던 울음소리
그대로

토지국민학교 아이들도 선생도 다 떠나버린 지 오래인 밤

오라리

제주도 토벌대원 셋이 한동안 심심했다
담배꽁초를 던졌다
침 뱉었다
오라리 마을
잡힌 노인 임차순 옹을 불러냈다 영감 나와
손자 임경표를 불러냈다 너 나와

할아버지 따귀 갈겨봐

손자는 불응했다
토벌대가 아이를 마구 찼다

경표야 날 때려라 어서 때려라

손자가 할아버지 따귀를 때렸다

세게 때려 이 새끼야
토벌대가 아이를 마구 찼다

세게 때렸다

영감 손자 때려봐

이번에는 할아버지가 손자를 때렸다

영감이 주먹질 발길질을 당했다

이놈의 빨갱이 노인아
쎄게 쳐

세게 쳤다

이렇게 해서 할아버지와 손자
울면서
서로 따귀를 쳤다

빨갱이 할아버지가
빨갱이 손자를 치고
빨갱이 손자가
빨갱이 할아버지를 쳤다
이게 바로 빨갱이의 놀이다 봐라

그뒤 총소리가 났다

할아버지 임차순과
손자 임경표
더이상
서로 따귀를 때릴 수 없었다

총소리 뒤
제주도 까마귀들 어디로 갔는지 통 모르겠다

청계천 3가

서울에는 청계천이 꾸물꾸물 흘러간다
밤에는 별무리 몰래 내려와
흘러가는 물굽이에 떠내려간다
하지만 청계천은
한낮에 살아난다

냇물 빨랫방망이 소리
종로로 갈까
을지로로 갈까

모랫바닥에 젖은 빨래 원없이 널어놓는다
오줌냄새 전
아기 처네도 넌다
시어머니 치마도 짜악 펴서 널어놓는다
그 치마 보고
아이구 살무사 같은 할망구 같으니라구
하고 욕도 퍼붓는다
침묵 같은
두꺼운 모직 내의도 넌다

절반짜리 드럼통 양잿물 끓여
들큰한 양잿물냄새
눈에 익고
귀에 익고

24

코에 익었다

자식도 뭣도 없이
혼자 사는 밀양 박씨 노파의 숨이 차다
담배 한대 말아태우며 한마디 막덕담 없지 않았다

저년들 제 서방 빨래나 하다가 뒈질 년들
저년들 제 새끼 옷이나 만지다가 뒈질 년들

바람 인다
어거지로 말라가는 빨래들
날아가지 못하게 돌멩이로 눌러둔다
어 광목 서른 자짜리도 널려 있어
서울대 불문학과 학생
청계천 둑길 가며 말했다
한국의 쎄느강은 휴일이 없군
다른 학생이 말을 받았다
쎄비앙

권애라

우국
그리고
애국
그것이 천직인 남자
대륙을 가고 간 남자

일본 메이지대 다닌 뒤
만주의열단
의열 즉 테러
모스끄바 극동혁명단체 대표자대회
그뒤 국내 잠입
감옥
또 감옥
또 감옥

그런 풍운 남자의 아내인 동지인 여자
권애라
1921년 모스끄바
극동약소민족대회
극동혁명단체대표자대회 참석한
피 끓는 여자

1950년대 부산 이승만 암살 미수의
사형수

무기수의 아내
남편이 비겁하거든
주저하거든
가열차게 조져댈 여자
그러나
그 아내에
그 남편
그 남편에
그 아내

마음은 수수밭처럼 넓다

집에는 지우산 귀하던 시절 지우산 1백개가 있다
비 오는 날
찾아온 손님
누구나 우산 받고 가게 했다

쌀독에 쌀 떨어지면
동지들 굶기지 않으려고
속옷 내다팔았다
겉옷만 입고도
얼마든지 떳떳
독한 세월에도 늘 40년 전 그 얼굴

토론의 밤
그녀의 발언 누구보다 강렬하다
토론이 끝난 아침
그녀의 미소는 아침이슬 머금는다
권애라 여사라 부르면 싫어하고
권애라 동지라 부르면 싫어하지 않는다

남산 언저리

경주 남산 언저리 과수원은 무척이나 고요합니다
새벽닭 울어 사과알들이 일찍 깨어납니다
낮닭 울어 사과알들 잠들어 있습니다
그 과수원 안쪽 정자에는
날마다 두 신선이 내려와 앉았습니다
바둑 신선
날마다 바둑판 바둑알이 집을 지었습니다
과수원 주인 엄진태는 막 환갑 나이
거기에 오는 방정해 옹은 73세입니다

날마다 와서
방옹은 엄 과수원 주인을 이겼습니다
만년 7급 엄진태는
석 점 놓고도
다섯 점 놓고도 졌습니다

지고 나면
박주도 한 주전자 대접합니다
설익은 사과도 따다 대접합니다
이거
융숭한 대접까지 받으니
이거 염치없네그랴
방옹은 이기고 나서
거나한 술기운

호탕한 웃음 웃고 돌아갑니다

두 달 뒤 뜻밖의 사달이 일어났습니다
엄진태가 세 판을 내리닫이 이겼습니다

방옹 입이 닫혀버렸습니다
벙어리가 되었습니다
얼굴이 실룩실룩 굳었습니다
다음날부터
방옹은 과수원에 오는 일이 없었습니다

엄진태는 혼자 바둑 집 짓고 집 허물었습니다
무척이나 고요하였습니다

어느새 사과 딸 때가 되었습니다
지난 여름은 할일을 다 마치고
그럭저럭 떠날 채비를 하고 있었습니다
낮닭이 두어 번 울었습니다

무척이나 고요하였습니다
전쟁은 지금 삼팔선 부근에서 진행되고 있습니다

송호식 모자

완도까지도 인공 두 달이 소용돌이쳤다

군인민위원회
면인민위원회
리인민위원회가 서슬 퍼렇다
내무서
내무분서가 기승이었다

수복되었다

우익 치안대가 절대였다

좌익 아들 송호식의 어머니가
잡혀왔다
얼마 뒤
다른 섬으로 도망친
호식이 잡혀왔다

아들을 죽여
아들의 간을
어머니의 입에 물으라 했다

어머니는 고개를 흔들며 부르짖었다

목총 개머리판으로 쳤다
치고 또 쳤다
어머니는 아들의 간을 물고
동네를 돌아다녔다

실성했다

송호식의 어머니
5년형 받았다

실성한 채
감방에서
발가벗고 소리쳤다
문둥이들이
내 간을 꺼내먹으러 달려온다고

한밤중 벌떡 일어나 소리쳤다
소리치다가 염통 멎어 죽었다

사명

대전형무소
보안과 요시찰담당
김맹규 주임에게 극비명령이 왔다

제초(除草) 작업 특명

1950년 10월 2일

반동
1급
2급
총 307명
형무소 제5관구 뒷마당 파낸 뒤
거기에 몰아넣어 죽였다
우물에 처넣어 죽였다

사명 완수!
하고 간수들과 술을 마셨다

각자 후퇴!
하고 외치고 떠났다

매포 산속에서 체포되었다

도깨비 길달

신라 사량부 백성의 딸
아리따웠네
그녀 이름
도화녀

이 처자 탐낸 임금
진지왕
죽어
진지왕의 혼령 기어이 도화녀와 깊은 정 나누었네

거기서 낳은 아들 길달(吉達)
비형랑이
다음 임금
진평왕의 궁중에서 일하였네

궁중이 지겨워
밤마다 궁성 담 넘어
황천 가
도깨비들하고 놀다 돌아왔네

임금이 비형랑의 동무 도깨비 길달을 불러들여 궁성 일을 맡겼네
더 나아가 아들 없는 신하 임종에게
그 도깨비를 양자로 들여주었네
여기까지는 사연이 썩 잘 벌어졌는데……

고무신 한짝

미호천 모래톱
떠내려가던 고무신 한짝
걸려
멎었다

미호천 들녘 아무 일도 없는 듯 빈 듯

누가 알랴
용인 미인 하인애의 신발인 줄

누가 알랴
죽은 하인애의 신발인 줄

양산 받고 걸어가면
어느새
간따후꾸 옷 속 가슴 젖고
이 집
저 집 사내 코들 흠흠 나왔다

인공의 여름
민청 간부 정덕이가 강간한 뒤
목매어 죽은 하인애의 신발 한짝인 줄
누가 알랴

토말 쌍봉이

해남 토말에 가서
보길도를 본다
손차양해
추자도 갈치젓독에 내리는 햇빛을 본다

지그시 눈감아라
탐라국 한라산이
오늘따라
구름모자 벗고 나오는구나

윤선도의 종 쌍봉이 녀석
주인마님 심부름 잊어먹고
바다 건너
이 섬
저 섬 선본다

어느 섬에 도망가 장가갈까

주인마님은 「오우가」만 지어 부른다 상감마마만 그리워하신다

김성주 1

사변 전까지는
사변 전
서북청년단 내부 분열 전까지는
이승만의 사랑
무지무지하게 받았다

서북청년 김성주

일찍부터 김지웅과 투합
백범 암살범 안두희의 가족을 돌보았다
요식행위
안두희 석방 청원에 나섰다

서북청년 김성주

그는 서북청년단의 인심을 차지했다
돈다발 풀어
꽃처럼
나눠주었다

서울역 쌀 화차 한 대 풀어
밤새도록 쌀가마 나눠주었다
잎새처럼 나눠주었다

빨갱이 한 놈도 없는 국가가 내 조국이다!
이승만 박사의 국가가 내 조국이다!

을지로 4가 양조장 덮쳐
술을 나눠주었다
돼지고기를 나눠주었다
개고기를 나눠주었다
소고기를 나눠주었다

곱창집을 점령해 모두에게 먹여주었다

단원들 입 열면 튀어나오는 말이 있다
단장님
단장님
이 생명 다 바쳐도 모자랄
우리 부단장님

전성기는 김성주의 전반이었다
눈두덩 푸른색
검정으로 바뀌었다

김성주 2

칼끝으로 손바닥 북 그어
서로 피를 섞는 맹세
손가락 잘라
잘린 손가락 한곳에 묻는 맹세
옛 사나이들
그런 피의 맹세로 비장한 뜻 치솟았다

둘은 피의 맹세가
피의 배반으로 영영 어긋나
하나가 죽이고
하나가 죽기도 한다

고대 사나이도
중세 사나이도
근세 사나이도

서북청년단 김성주
문봉제와 함께 쌍벽
피의 맹세는 아니건만
남산에 올라
술로 맹세하고 술잔을 던져 깨어버렸다
네가 죽으면
나도 죽는다

이승만 충성의 길
앞은 김성주
뒤는 문봉제였다
평양 수복 때
김성주는
하필 미군에 의해 평안남도 지사가 되었다

그뒤 김성주는 떨어져나가고
문봉제가 고기처럼 물살을 뛰어올랐다
어인 노릇?
엉뚱하기는
김성주는 홧김에
진보당 조봉암의 선거사무차장이 되었다

누구보다 이승만 어르신 그런 김성주놈 밉고 미웠다

1953년 6월 25일
6·25사변 3주년의 날
김성주는 헌병대에 체포되었다
가족면회도 불허

막 통과된 국가보안법
계엄법
대통령 암살음모죄 조작으로 7년 구형

원용덕 사령관의
자택에서 살해되었다

김성주의 길은 현대 한국 제1공화국의 길

고려 팔관회

구름밭 같아라
구름바다 같아라
크고 큰 마당
연등 밝혀
땅에 광명이 사위는 일 없도록 하여라
향등 밝혀
허공에 향기 가득하여라

50척 연화대 누각 아득하여라
사선악부(四仙樂俯)
용
봉
코끼리
말이 수레 위에 계시고 배에 탄 바람 같아라

만월대의 밤 휘황찬란
악공이 주악을 연주하니
황제와 백관
백성
그리고 먼 나라 사절
티베트 사절
탐라도 사절도 동참하니

왕건 위봉루에 올라서서 바라보다가

감회가 멎으니

옛 부하
신숭겸
김락이 생각났다
그리하여
신숭겸 김락의 허수아비 만들어
그들도 함께 노래하고 춤추게 하니
환생한 충신의 밤 한잔 술 취흥 깊고 깊어라

본디
여덟가지 계(戒) 지켜
하루를 지극한 마음으로 보내는 법회였는데
불보살
제천신들
명산대천의 산신 수신들
용신
시조신 다 청하여 어우러지니
과연 이승의 큰 교향악이요 대무도판 바다 같아라

어쩌나 써신 능 있거는
다시 밝혀
그 아래 송도 처녀의 긴 머리채
밤새 놀아라

놀다 어둠속 잠겨
너도나도 다 쓰러져
한몸 되는
거기 구름밭 같아라
구름바다 같아라
그날밤 처녀 여빈의 임은
옛날 궁예 부하 추벽의 귀신이니
저승마저 함께 이승 같아라

남강전투

금강산
한반도에서 가장 수려한 산
가장 화려한 산
그 아래
가장 치열한 전투가 있었다

금강산 외금강산 다 보이는
동해 남강
후천리 일대
검쓴 바윗등짝
외통한 바위와 바위 사이 깡마른 풀밭 등짝

퇴각 인민군의 마지막 방어전

금강산을 결사 사수하라
이것이 김일성의 지상명령
진격하는 국군의 성난 공격전
금강산을 필사 점령하라
이것이 유엔군의 지상명령

구름 걷힌 금강산 비로고대 저 위 거기까지
포성이 들려갔다
총성이 들려갔다
고함소리

비명소리 수꿀수꿀 들려가다 말았다

누운 잣나무
누운 구상나무
누운 측백나무
누운 향나무
누운 소나무
누운 전나무들

지금 당장은 저 지상의 전쟁을 내려다보지만
또한
후일을 불러들여
전쟁을 통 모르는 서릇한 맞바람에
심심치 않게 흔들려주었다

끝내 남강전투 결사 사수 물러나고
필사 점령 들어섰다

동해 전체가 전투 뒤 그 스산한 고요로부터
지난날의 파도소리를 내일의 파도소리에 층층으로 실어왔다

김지웅

휴전선이 그어졌다
전쟁은 끝났다
이제 전쟁에 들러붙은 모순
전쟁 뒤의 모순이 되었다

이유는
새로운 이유가 되었다

이유는
어디에 묻혀 있다가
혼자 일어선 이유가 되었다

이승만 시대의 밤은 공포였고 낮은 새로운 공포였다

김지웅이 있다
이승만 시대의 낮과 밤
땅속의 두더쥐로 오고 갔다

지난날 일본 헌병 보조원 및 정보원
해방 뒤 일본 장교 출신 육군 지휘관의 보조원
여운형 암살
김구 암살
그가 뒤에 칙간의 칙간귀신으로 있었다

특무대장 개인 고문
헌병사령부 특수정보 고문

항일 독립운동가 체포
좌익 체포
야당 체포가 그의 평생 사명이었다
왜놈 앞잡이라 왜놈답게시리
한번 무릎 꿇고 정좌하면
두 시간이고
세 시간이고 충성의 부동자세

그의 집 현관 밖에는
날마다 태극기가 걸렸다
일장기 이후

남은 동생

그해 7월
인민군은 흘러가는 물처럼 내려왔다

홍천에서 원주 원주에서 홍수져 영천이었다

피난행렬도 내려갔다
솥단지와 양재기 몇개
쌀 몇되와 소금 한 병 등
지나는 마을마다
소나 돼지를 잡아서 팔았다
마을들도
가진 것 하나둘 처분했다

어차피 군대에 징발되고
약탈될 판
잡아서 소고기 한 근 5원
돼지고기 한 근 2원을 값 얹어 받았다
장조림도 만들어 팔았다

영천 구본영이도
돼지 두 마리를 잡아
피난 가는 사람들에게 팔았다
염소도 팔았다 닭도 잡아 팔았다

다 팔고 나서
구본영이도 남쪽으로 떠나야 했다
낙동강 7백리
강물 따라가노라면
거기가 부산

구본영의 동생 본호는 남았다
형네나 떠나소
어무이 모시고 떠나소 하고
한사코 남았다
인민군이 오면
인민군 세상에서 살겠다 했다
국군이 오면
국군 세상에서 살겠다 했다 그게 어디 쉬운가

아버지 유산 밭 2천5백평 논 2천평
장가간 형이 차지하고
동생 본호는 빈 몸 노총각이었다

어느 세상에서나 빈 몸으로 살아보겠다 했다
이 노총각 본호가
인민군 퇴각 때 따라가서
뒷날 간첩으로
고향의 밤에 나타날 줄이야

천동이

소백산맥 밑 상주 두메
열한 가호로
마을이라 불려온
외딴 마을
좌익도
우익도 없는 마을

세상이 다 가만히 있지 못하므로
괜히 이 마을 사람들도
재 넘어 이웃마을 이장네 따라
피난길 나섰다

나서자마자 고생
돌아보니
벌써 살던 집
살던 마을 멀다

쌀 반 가마니 등에 지고
염소 두 마리 끌었다
큰놈은 이불짐 지고
작은놈은 좀 가벼운 짐 들었다

만삭의 아내 기어이 일을 냈다
산길 풀밭

소리지르다
소리질러
끌려가던 염소들 겁내는데
피칠갑 아기가 태어났다

솥 걸고 국 끓여 미역국을 먹었다

태어난 녀석
천년 살아라 천동이라 불렀다
왼손 손가락이 여섯
다섯째와
여섯째를 실로 묶어두었다

돌아갈 수 없어
남의 집 뒷방
산모와 아기
외풍 맞고 있다가

그만 인민군 내일모레 온다 해서
피난길 또 나섰다
천동이 복이 많아
산모 끄떡없고 젖 넘쳤다

김진열

전란은 한 인간을
전혀 다른 인간으로 펑 튀겨내어

피난기차 안에서
팔뚝시계 5개
금거북이 2개
금단추 24개
금비녀 3개
금반지 8개

현금 7천원 훔쳤다 갈비 휘감기는 휘파람 불었다

여우목도리 매고 잠든 여인에게 다가가
여우목도리 슬쩍 벗겨냈다

사람 등쌀에 밀려간 구석 노인에게 다가가
꼭 부여안고 잠든 보따리를 빼냈다
보따리 속에 현금과
집문서 몇개가 들어 있었다

놀라웠다
피난 가며 부자 되는 자 있다

놀라워라

피난 가서
그 낯선 도시에서 바로 미인을 덮쳐 마누라 삼았다

서울 을지로 3가 지물상 아들
김진열
피난 가기 전
어디서 도둑질한 적 없고
여자 쳐다본 적 없다
때깨칼은 주머니에 있다가
식칼은 부엌에 있다가

현종 이후

거짓 풍년
고려 왕건의 조상들 응당 날조되었다

내일을 소유하기 위해서
어제가 소유의 성역이 된다
국조 원덕대왕
의조 경강대왕
세조 위무대왕
이런 조상 세계(世系)는 허구
왕건의
중국 해상 백제계 조상들 철저하게 말살하였다

왕건의 조부는
중국 주산열도 해상무역인
송도 벽란도 여인과 며칠 지내고 떠났다
그 여인이 낳은 아이가
왕건의 아버지

이런 사실을 파묻어버렸다

왕건의 아들 안종과
그의 사생아 현종
선대 백제계 왕 세계를
얼마나 증오했는지 모른다

『고려사』 석문설화를 본다

나주 오장자 딸 장화와 결혼한
왕건이
첫날밤을 치르는데
장화가 아기를 배는 것이 못마땅해
운우 도중
성기를 빼어
정액을 돗자리에 사정했다는 것
그 정액을 다시
장화가 제 음부에 넣어
아이를 잉태했다는 것
그 아이가
왕건 다음 대의 혜종이라는 것
그래서 혜종의 얼굴에
돗자리 자국이 있다는 것

어이없는 엽기의 허구 아니고 무엇이랴

김부식 『삼국사기』 끝 가로되

우리 태조에게 비빈이 많아
그 자손이 번성하여

현종이 신라의 외손으로 왕위에 오른 후
대통을 이은 이가 모두
현종의 자손이었으니
어찌 그 음덕이 아니리오

최충헌 중방회의 파한 한 장수 한마디
오늘밤 만날 남대문 밖 난정이 그년 조심해야지
내 아이 배지 않게
돗자리에 사정해야지

남일병

제주도훈련소도 모른다
논산훈련소도 모른다

어느날 거리에서
낌새도 모르고 군인이 되고 말았다

전남 곡성 국도
군용트럭이 섰다
헌병 하사관 둘이
검문검색

지나가던 젊은것들 잡혔다
냇물고기들
한 삼태기 잡혔다

실려가
신원 확인 뒤
바로 육군 5671부대에 입대시켰다
목에 군번 걸고
33식 총 분해만 익혔다
M1 분해는
전선에서 무턱대고 쏘아대며
차차 익숙해졌다

낙동강전투
왜관전투
그 포화 속
총탄 속 강기슭
모두 다
풀썩풀썩 고꾸라지는 총알받이로
죽어간 전우 가운데

용한 놈 남병환 일병은 살아 있었다
죽은 전우의 탄창 벗겨내어
그 총탄 정신없이 쏘아대며
살아 있었다

전투 뒤
시찰 나온 부대장을 쏴죽이고 싶었다
파르스름한 면도자국의
부대장의 하얀 얼굴
피죽사발로 만들고 싶었다

죽은 전우 장치구 오팔선 고종섭의 시커먼 얼굴들 스쳤다
뜀배 한 개비 나눠 피운 것이 어제였다

방공호

두번째 공습은 훨씬 덜 무섭다
웬일로 다른 사람 없는
방공호 속
두 사람
그곳에서 아기를 배고 있었다

송경재와 음전한 나인숙의 신음소리

상복이

이 몸이 죽어서 나라가 선다면
아아 이슬같이 죽겠노라

이 슬프디슬픈 군가를 부르며
논산훈련소로 간 상구

1953년 철의 삼각지에서 돌아오지 않았다

상구 동생 상복이
벌써 자라나
처음으로 술집에 가
젓가락 치며
형의 군가를 불렀다

이 몸이 죽어서 나라가 선다면
아아 이슬같이 죽겠노라

유철

연락장교 후보훈련단은 춥고 배고팠다
사방을 둘러봐도
떡시루가 있을 리 없다
국솥 뚜껑 열어
우렁찬 김이 치솟을 리 없다 찬밥덩어리 있을 리 없다

제법 먹물들
대학 학부 문 드나든 잉크들

지식 교양 따위 순 겉치레였다
콩나물 서너 가닥 소금국에
반만 차는
보리밥 받으면

서로 으르렁대고
욕 퍼붓고
먹살잡이
아까운 코피만 터져버려

주린 개 주린 살쾡이와 다를 바 없이
키다리 한양공대 전기과 학생이던
유철 소위
당장 주먹 앞에
밥그릇 빼앗긴 데림추로 앉아 있다

간밤 꿈속
어머니가 퍼준 고봉밥과 쇠고깃국
고기산적 시금치나물 선연

어머니라 불렀다
어머니가 밥이었다 고깃국이었다
뱃속 꼬르륵

주명철 대위

무기 지급이 느렸다
병력 증가를
무기가 따르지 못했다
미군과
국군이 다른 것

무기 지급 아예 없기도 한다
일선에서
부대에서
권총 노획하지 못하면
후방 암시장에 가서라도 구해야 한다

일제시대 이래
군대는 요령을 본분으로 함

전방에서 후방으로 영전되었다
짐승에서
사람으로 바뀌었다
간부후보생 출신
주명철 대위

후방은 부정부패의 전선이었다
후방은 부정부패 없이는
단 하루도 없다

모두 죽여버리고 싶었다
권총도 지급받지 못한 채
대구역전 향촌동
삼일여관 지하실
무기가 암거래되었다

포티파이브 45구경
묵직한 쇳덩이 권총 허리에 차면
세상의 권세 일부가 나로부터 나온다

그 권총으로
장차 적을 쏘기 전
술집에서 만난
옛날 외갓집 들어먹은 원수 만나
그 박가놈을 쐈다

대구 헌병사령부 영창은 추웠다 축축했다

김개남

마혼한살에 일어섰다
갑오년
농민군 총관령
나주
남원 운봉을 단숨에 점령

가장 전투적인 지도자였다

처음부터 집강소 따위
일본군과
고종 정부와의 타협 불가론자였다

10월 재거병(再擧兵)
1만 병력 몰아
금산
신탄진
청주성에 육박

연산으로 퇴각
태인으로 퇴각

전주 장대에서 사형 효수되었다
모가지 압송
서울 서소문 밖 3일간 효수

모가지 다시 압송
전주성 네거리 7일간 효수

처음 만나던 동지 아름다웠다
고부 전봉준
무장 손화중
금구 김덕명
백산 최경선
그리고 태인 김개남 아름다웠다

서로 상투 머리카락 뽑아
함께 태우고
서로 피 섞어
함께 뿌렸다
서로 만백성 용화세상 기약하였다

아름다웠다
아름다웠다
그들의 패배가 조선의 근대 서리 찬 첫날밤이었다

밤행군

눈 퍼붓는 밤이라 해서
멈추겠는가
멈춰
한숨 자두어도 되겠는가 아니다

눈 퍼붓고 퍼붓는 밤
내설악으로 넘어간 적들
추격 소탕하라는 작전명령이 왔다

무모한 추격이었다
병사들
험한 능선을 오르며 존다
졸음 속
발 헛디디어 쓰러진다
일어나 올라간다 올라가다 낭떠러지다

뒷사람이
앞사람을 친다
뒷사람에게 얻어맞고 졸음을 깬다

적진 육박
카빈총 배낭
통신병의 무전기
찍소리 없어야 한다

앗!
1천미터 능선 절벽 헛디디어 떨어진다
어느 놈이냐
행군 계속
모두 입을 다물었다

능선 넘었다
적군 조우
일제히 총구멍이 불을 뿜는다
눈이 퍼붓고 퍼부었다
적 따발총구멍도 불을 뿜는다

얼마가 지나갔는가

눈 속에 신음소리 비명소리 묻혔다
송장들 묻혔다

10년 뒤 마등령 아래
녹슨 철모들과
새머리판 없는 총신들
5월 봄 기지개를 켜고
추운 몸들 일어날지 몰라
철모귀신 총대귀신들 일어날지 몰라

오대산

1951년 1월
오대산 상원사
처마 끝
풍경

바람 한점 오지 않는데
땡그랑

아무도 없다 아무도 없다 하더라도 누군가 있다
세상에서
가장 짧은
성(姓)을 가진 자들
김복남
박복남
이복남 들 있다

없더라도 있다
저 아래 적과 적 사이의 꽃 헛본 꽃

이만종이

정일권은 중장에서 대장으로 승진되었다
늙은 대통령이
별 넷을 달아주며
한마디 중얼거렸다

나를 위해 잘해보라우

새 대장이 충성을 맹세한다 옛! 각하!

그날밤 사복 입고
축하연의 요정에 나타났다
요정 청운각

국군 장성 16인
주인마나님
마담마나님께서 골라온
미녀 18인

이런 밤 새 대장 사복 주머니를 턴 귀신 같은 소매치기가 있다
요정 심부름꾼으로
막 채용된 아이
이만종

육군대장의 안주머니 슬쩍

미 군표 5백불짜리 다섯 장
새끼주머니 파카 만년필 한 자루

요정 방마다 별실이 있다 붉은 전등갓 씌운
전등
아직 켜지지 않고 가슴 두근두근 기다린다

그 무명 철학자

전쟁의 후방
백골단만 백주의 테러를 저지르는 건 아니다
오직 모리배만 득실거리는 건 아니다
도둑들만
사기꾼들만 설치는 건 아니다
군복 입은 자만
떠벌리는 건 아니다

후방의 어느 가장자리
그런 곳에는 힘없는 슬픔이 혼자 있다

군수물자 실은 긴 화물열차 지나가는
충북 경북 사이
아무 열차도 머문 적 없는
간이역

그런 곳에 남루한 행색
깊이
깊이
세상의 본연에 닿아 있는 자 있다

역전에서
군밤 한 봉지 사며
얼마요?

하고 묻는 말에도
서산대사나 쇼펜하우어보다
더 깊은 물속 같은 불속 같은
아픔이 들어 있는지 몰라

저녁 완행열차 기다리며
무척이나 독감에 시달리는 몸으로
광야에서 돌아온 사람의 씨앗이
움트고 있는지 몰라

김순경
그런 사람 신분증 요구하지 마

양진봉 하사

군대는 전진할 때 인심 후하다
후퇴할 때 각박하다
모두 제 목숨밖에 없다

휴대식량 동났다
굶은 채
능선 계속 밀려났다
영하 20도

야전식량 비스킷 한 봉지만 있으면 좋겠다

분대 단위 후퇴

명사수 양진봉 하사
고향 이야기 없다
부모 이야기
애인 이야기 통 없다

장차 제대하면 술집 차리고 싶다
돼지고기 실컷 먹고 싶다
씨팔 구장(區長) 딸과
사흘만 자고 싶다

이따위 소리에도

양하사 입은 열리지 않았다
고향 제주도에는 쉽게 떠벌릴 과거도 희망도 없다
그러나 한라산이 속으로 속으로 속으로 보고 싶었다

유관순

흑성산 밑 목천 만화천 감돈다
열여섯살 소녀 유관순
매봉에 올라
그녀가 보낸 봉화에 호응
천안
안성
진천
청주
연기
목천 여섯 곳을
산봉우리마다 봉화가 오르는 감격에 벅차랴

그뒤 아우내장에 모여든 만세소리
일본 헌병의 발포
일본 경찰의 폭거
조선의 남녀노소 마구 쓰러졌다

유관순 체포되었다
총대 얻어맞아
어린 등뼈가 튀어나왔다
젖가슴 칼에 찔려
옆구리 등짝으로 관통 피고름이 나왔다
자궁도 파열

그런 몸으로 감방에서 만세를 불렀다
다음해 1920년 9월 28일 새벽
먼동 튼 철창 바라보며 눈감았다
일제는 유관순 일가의 호적을 말소시켰다

정일권

어린 시절 창호지 찢어진 가난 잊어버려라
북관 돌무지 출생지 떠난 이래
행복밖에 모르는 평생
암흑의 몇십년
식민지도 행복
해방도 행복
전쟁도 더더욱 행복
전선 시찰의 밤엔
후방에서 스리쿼터에 미녀가 실려왔다
전쟁 이후도 내내 행복

이런 사람도 한국사람이었다

강성병

나 강성병(姜聖炳)
자유당 천하를 한번 노닐었나니
나 젊으나젊은 강성병
한번 노닐어
신세 팔공산 갓바위 아스라이 올려놓았나니
신세 낙동강 오리알로 떨어졌나니
통재라
애재라

가짜 이강석
귀하신 몸이었나니
각하의 양자 이강석
귀하고 귀하신 몸이었나니
대구 저자에 쓰윽 나타나보았나니

아버님의 분부로 왔습니다
아버님의 간절한 당부인즉
암행어사로
세상을 살피고 오라 하셨습니다
행여 나 보았다는 말을 하면 안됩니다
절대로 안됩니다

내 말은 여기까지였나니
그다음은

여러 임자들이 알아서 설설설 기어왔나니
경북지사께서 득달같이
득달같이 달려와
성스러운 각하의 양자를 오방지게 모셨나니

어디 지사뿐이리오
시장 사장 서장
사령관들
모두 비단폭 깔아
지극정성으로 받들었나니

돈가방도
미인방도 바쳤나니
대구 떠나
다음은 부산
다음은 대전
이러다가 덜컥 여우꼬리가 들통나
수갑 채워져 갇혔나니

세상 대폿집 개털들 오랜만에 박장대소로 가득하였나니
닌놈이야
강성병
난놈이야

최익한

고향 열여덟살 때부터
감옥
망명
감옥
6년 언도받고
재판소에서
형무소로 가면
독립만세 불러
1년 추가언도 받았다

신간회사건
감옥
탈옥 미수로 모진 고문
다시 망명
감옥
해방 직전 지하당 설립하다
또 감옥
감옥에서 해방을 맞았다 나와 8월의 하늘 보았다

그가 말했다
내가 고문받는 고통보다
더 큰 고통은
동지들의 파쟁이다

민족보다 당파이고
당파보다 자기였던 숱한 치욕 앞에서
그가 울었다
일제 고등계가 책상 치며 큰소리
네놈들이 무슨 독립운동이냐
독립운동이 아니라
파벌운동이야
네놈들이야말로
나라 독립에 해로운 버러지들이야

부끄러웠다
해방 뒤 의정단상에 섰건만
파쟁 그칠 줄 모르는 오늘
그리고 내일
그러다가 전쟁을 맞이했다

최익한 그는 고향에도 남쪽에도 가지 않았다
서울에 있었다
9·28수복에도 북으로 가지 않았다
오직 서울에서 인민군 맞았고
서울에서 유엔군 맞았다
전쟁중
북으로 가서 휴전을 호소
남으로 와서 휴전을 호소

아직 폐허가 남아 있는 서울
1950년 끝이었다
그의 생애 어디에도
중간은 없었다
그러나 오로지 그가 민족의 중간이었다 최익한

공서방

저공비행 미군 제트기 편대 네 대가 땅을 뒤집어놓았다
온몸 굽이쳐 건너가다 몸 풀려 떠내려간다
저녁 갈천 냇물
물뱀 한 마리
갖은 교태 내두르다 그냥 허겁 떠내려간다

차츰 똥개들도 수탉도 이상해진다
손님도 없는데 짖는다
새벽에도 수탉은 홰치지 않고
그냥 입 다물고 잔다

모두 할일을 잃어버렸다

옥구 회현 만경강 염전
공서방도
할아버지 할매 제삿날 잊어버렸다
전쟁중에는 제트기 그런 것들만 있고
다른 것은 있으나마나

생일

동해 영덕전선
생전 처음으로 바다를 보았다
바다 수평선을 보았다
내륙 산골에서 자란 병사의 눈에
수평선은
커다란 허망이었다
부모 이름이 생각나지 않았다

영덕전선 인민군 후퇴명령이 떨어졌다
내일 새벽
진지를 파괴하라
작전상 후퇴다

영덕전선의 국군에게 진격명령이 떨어졌다
내일 새벽
적의 진지를 탈환하라

그날밤 전투가 없다 파도소리가 들려왔다
심창우의 생일
전우 권오철이
어디서 북어 한 마리 구해왔다
달빛 아래 그것을 뜯어 나눠먹었다
생일 축하한다
고맙다 짜아식

몇시간 뒤 진격중
후퇴하는 적의 총알에
심창우 일병이 쓰러졌다
생일잔치 뒤

위장결혼식

1919년 3월 1일
평양은
서울보다 한 시간 앞서
오후 한시에 만세운동이 시작되었다
여학생 20여명
신대한의 애국청년 끓는 피가 뜨거워…
하고 혈성가를 불렀다

한 여학생은 '2일 만수대'라는 쪽지를 받았다
만수대에서 만세를 불렀다

혈성(血誠)의 처녀
박현숙의 새로운 계획

3월 3일
남산현 예배당에서
신식 결혼식이 거행된다는 소문이 퍼진 뒤
연미복 신랑과
면사포 신부가 나란히 걸었다
소녀 들러리 꽃다발 안고 앞장서 걸었다

신부신랑 탈 인력거 대기

사람들 모여들었다

웅성웅성
사람들 모여들었다
연미복 보러 나왔다
면사포 보러 나왔다
신식 결혼식 구경하러 모여들었다
누군가가 대한독립만세를 불렀다
신랑
신부도 만세 불렀다
들러리 아이들도 만세 불렀다

이 위장결혼식 만세사건이 60여 년 뒤
서울 명동 YWCA 위장결혼사건
민주화운동 집회로 이어지다 말다

전태욱

흑석동 아카시아숲 사이
강 건너
동부이촌동
서부이촌동

석양머리 원효로 강기슭이 보였다

저 6월 하순의 그날밤
한강다리 폭파 꽝음
나도 다리병신 되어
아버지와 함께 넋 잃고 뛰쳐나갔다

세상은 도둑뿐이었다
도둑뿐
거지들도
결국 도둑이었다

그해 11월에 돌아왔다
아버지는 회덕 언덕에 묻고
혼자 돌아왔다

어머니와 동생 소식 없다
집은 무너졌다
무너지기 쉬운 것이 집

장독대도 없어졌다
지네 한 마리 멈춰 있었다

딱 하나
빈 김칫독이 있다
들여다보았다
빗물 따위가
오래 고여 썩어 있다
거기에
내 얼굴이 고이 담겼다
내 이름은 전태욱 하늘 구만리 낮달과 함께 있다

박관혁

한번의 선(善)이 있었다

평생 노랑이
평생 해코지
평생 거짓말
평생 학대와 착취이던
진수 아버지
박관혁 영감

77세 임종에야 머슴 명구를 불렀다
너는
식모에게서 낳은 내 아들이었다는 말
입 밖에 나왔다
진동 윗배미 2천평은 네 논이다

그런 뒤
장남 진수에게 말했다
명구도 한핏줄이다

인공에도
끄떡없이 살아낸
지독한 영감

평생 칡넝쿨 심줄

아낙

경수가도
수원 지지대 가까운 언덕길
황토 패어
소달구지 짐 싣고 가기 힘겨운 길
생은 발광
미쳐버린 피난행렬 뒤지지 않으려고
남으로
남으로 가고 있다

길가녘 병든 아낙 비녀 빠진 아낙
소나무 밑둥에 기대고 있다 누구일까
눈감아버리기 직전

비가 오다 말다 한다 비를 맞다 말다 한다
곧 눈감으리라

인민군은 부교로 한강 건너 노량진에 건너왔다 곧 여기 오리라

누굴까
누구 마누라일까

유상국

손은 솥뚜껑 같고
발은 금 간 징 같다
두꺼운 입술 푸르고
왕방울눈
사방으로 돌고 있다

이 위인 앓아누운 적 없다 앞니도 어금니도 실하다

청동 후안무치!
목욕탕에서
일본노래 부르고 또 부른다

일제시대 총독부 영선부에
피혁을 대며
일본인 줄을 댔다
기어이 부자가 되어갔다

해방이 되었다
미 군정청 애시베리 대위에 손이 닿았다
적산가옥과
노량진 일본 곡물회사
피혁회사 부동산을 인수했다

사변 때

신성모 장관 찾아가 뵙고
금덩어리 거북 바쳐
군수물자 빼돌렸다
빼돌려
일부 상납
일부 착복

밤마다 요정에 갔다
밤마다 요정 별실로 안내되어
여자 셋이
몸의 각 부위를 성냈다

휴전 뒤 경인가도 달리던 지프차 엎어졌다
다리 하나 잘라냈다
목발 짚고
다시 경무대 경찰서장을 만났다

곽서장의 말

이제 해외로 눈을 돌리시오
동남아 원복과 설탕 말이오

일본 하네다 비행장 경유
홍콩에 갔다

마닐라로 건너가던 중
고도 7천 킬로의 하늘에서 뇌일혈로 죽었다
국내의 운명이었다

이영근

자유당시대
특무대에 잡혀갔다
이 빨갱이새끼!
이 김일성의 앞잡이
조봉암 앞잡이새끼!
이 새끼야
네놈들이
이대통령 각하를 감히 어쩌구 어째
이 빨갱이새끼!

일주일 동안
하루 서너 시간 빼고는
고문이란
고문의 종류를 다 겪었다 맛보았다

설악산 울산바위도 허물어진다

그런 고문으로
고문하는 자들은
고문당하는 자를 뼛속까지 알게 된다

가장 사내다운 사람
가장 인간적인 인간
가장 멋진 사내 이영근(李榮根)을 알게 된다

짜아식 된놈이야 인간 중의 인간이야

진보당 창당선언문을 기초했다
조봉암을 따르고
박진목과 가까웠다

조봉암이 체포되기 전
조봉암에게
인도 망명을 권했다
밀선도 마련하겠다고 권했다

이틀 뒤 진보당 당수 조봉암은 구속되었다

조봉암 사형 집행
가장 인간다운 인간 이영근
밀선을 타고 일본으로 떠났다

너털웃음 소리 크다
속가슴 깊었고
지난날의 갖은 고난과 오늘의 무일푼
조금도 내비치지 않는다

동지 그리고 오랜 친구의 세상을 그는 혼자 삼키고 있었다

가막골

전란에는 사내들이 죽고
계집들이 산다
수탉들이 모가지 비틀려 죽어가고
암탉들은 앙알앙알 알을 품는다

충남 논산 위
연산 가막골
언덕들 쭈뼛거리며
계룡산 산등성이에 다가선다

사내 50여명 죽고
두 사람
상투를 틀고 김일부의『정역(正易)』을 받든다
문을 열지 않는 골방 안
한낮에도 어둑발 찼다

연산 가막골

계집들 40여명 살아
늙은 과부
젊은 소실과부
청상과부
노처녀들

낯선 사내 오면 눈이 빛난다

서로 우물물 한 바가지 버들잎 띄워 권한다

목마르시겠어유
목마르겠어유
목마르겠어유

유난히 긴 볼의 부여댁
성큼 나선다

내 물 드시어유
어디서 오신 뉘신가는 모르겠어도
어쩐지 낯이 익구만이유
시장하시면
찬밥이라도 데워드릴 테니 잡숫고 가시어유

강경댁이 바가지 물을 쏟아버렸다
투덜댔다

어제는 누렁이 똥개 수놈헌티 워리워리 아양떨더니
오늘은 짐승 대신 사람한테 눌어붙느만그려 저년

육군대위 고명곤

간밤 꿈속
대대장이 죽어 있었다
중대장 고명곤
누구에게도 꿈이야기를 할 수 없었다

오늘 아침 대대장 김철규 중령 초소 순찰 도중
지뢰 밟아 죽었다
잘린 팔목의 시계 초침이
째깍째깍 살아 있었다

대대본부에는 벌써
신임 대대장 우상국 소령이 와 있었다

고대위는
우소령이 미웠다
거수경례를 잊어버렸다

전선이 교착된 고지에는
벌써 붉은 단풍
포탄구덩이 저쪽
난쟁이 옻나무 빨간 잎새들 화려하다

먼 후방 김철규 중령의 아내 꿈속
남편이

군복 벗고
한복 입고 돌아왔다

버린 이름

해방 뒤
미군이 부산항에 상륙한 밤이었다
용두산
영도
길고 긴 가파른 언덕의 도시
그 널린
어둠속 불빛들

야 홍콩보다 더 화려한 도시구나 감탄

다음날이었다
절망이었다
도시 전체가 빈민굴
기존 건물에
가건물이 들러붙었다

한 집에 일곱 세대 들어 있다
한 뒷간에
일곱 세대 남녀노소 줄을 섰다
하루에도 몇차례
싸움판 온다

미도리마찌 완월동
그리고

초량의 가건물들 다닥다닥 붙었다

굴딱지
그런 판잣집에서
핸드백 들고 내려오는 미인이 있다

주둔 미군의 하얄리아부대 타이피스트라 했다
알고 보니
PX 담당장교 제이슨 소위의 온리
한국 이름 한현숙
미국 이름 브랜다 한
한국 이름이 싫었다

제이슨이 브랜다 하고 부르면 한층 뿌듯했다

두번째 임신중절
군표 3천불의 부자가 되었으나
얼굴은 초췌해졌다

부대 민사처 패트릭 중령의 전화가 왔다
퇴근 후 게이트 밖에서 기다리라 했다
패트릭 다음은
부대장 조지 해밀턴인가
브랜다 한의 초췌한 얼굴에 남은 꽃 피었다

김소운

대구 문인은 녹색이다 군복 일색
부산 문인은 흑색이다 염색군복 일색

대구는 육해군 종군작가단
공군작가단 창공구락부

김소운은 녹색이기도 하고 흑색이기도
이따금
나비넥타이 정장이기도

부산 금강다방
제일다방
금잔디다방
에덴다방 출입이었다

밀다원다방에는 가지 않았다

문교부 문화국장 내정되었다
밀다원파가 중상
김소운은 술 취하면
사루마따를 벗는 습관이 있습니다
이 중상으로
발령 취소되었다

굵은 뿔테안경
한번 입이 열리면
발동기 돌아가며 멈출 줄 몰랐고
술자리에서
어디 사루마따 한번 벗어보자고 외치고
덜렁 불알 두 덩어리 내보였다
문화국장은 못되어도
술맛이 났다

윤효중
김중업
오영진 등과
베니스 유네스코 국제예술제에 갔다가
끝내 돌아오지 못했다

일본 신문 인터뷰로 여권을 빼앗겼다
일본에서
녹색도 흑색도 아닌
새 양복 맞춰 입고
이른바 평화선
이승만 라인에 꽉 막혔다

엇구수한
그의 수필 「목근통신」 만인의 가슴 후볐다

기황후

한 처녀의 커다란 운명 있다 사막 꽃이 아니라 사막이었다

1333년 원나라 공녀(貢女)로 끌려갔다
울음의 길
원나라 도읍 연경 대궐
고려 출신 환관 고용보의 눈에 번쩍 들었다
울음 접고
궁녀의 길 익혀갔다
몽골어
몽골 풍습을 익혔다
고려 풍습을 새삼 애틋하게 익혔다
용꿈 뒤 별궁에서 순제의 눈에 들었다
운우지정
황후 타나시리가
온갖 학대를 다했다

황후 축출의 정변이 일어났다

기궁녀는
순제의 아들 아이유시리다라를 낳았다
황후 책봉

그로부터 고려 여인 기황후
원나라 전권을 떡 주무르고 양념 주물렀다

속국 고려에서도
그녀의 친정에서 권력을 주물렀다

고려 금강산 장안사도
원나라 황실 원찰이 되어 범패소리 바라소리 쉬지 않았다
보덕암도
기황후의 원찰
묘향산 보현사도
원나라 태자의 원찰이 되었다

고려 충숙왕이야 기황후의 하인이 되어
기황후의 서찰 분부를 엎드려 받드는 변방 제후 노릇

어부 피용구의 저승

바다 밑은 하도 고요하여라
바다 위는 하도 하도
파도쳐
빈터 없어라

간밤 오징어배 한 척 꿀꺽 삼켰어라
흔적 없어라
동해 대화퇴 바다
어디에도 끝없어라

이승의 주문진 벼랑 밑
다닥다닥
막집들

어머니는 집을 나가고
바다로 나간 아버지
혼자서 기다리는 자식
밖에 나갔다가 돌아와
옷 입은 채 잠들어 있다

부엌이래야 가마니때기 드리운 가장자리
살강도 없이
수저 셋
양재기 넷

부뚜막에 늘 놓여 있어라

바람 불어라
바람 불어라
바람이라도 불어라
아버지의 저승과
자식의 이승 파도쳐 가까워져라

한 여학생의 생애

신촌 조상연 씨의 누이
조은선은
떠오른 달같이 젖은 달빛같이
늘 조용하고 환한 미인

신촌국민학교 변소 다섯 칸마다
다음의 낙서들 있다

조은선은 내것
조은선 ××는 금테 둘렀다
조은선의 젖 먹고 싶다
조은선 ××
조은선은 내 마누라
조은선은 민족의 태양

그 조은선이 사범학교 4학년
오빠가
마을 인민위원회 부위원장이었다

수복 후
치안대 수색반장이
잡혀온 그녀를 강간했다
경찰이 들어서자
경위가

그녀를 강간했다
순경이
그녀를 강간했다
몇사람이 더
그녀를 강간했다
그뒤
생매장했다

미인의 일생 끝났다

오늘의 밥상

동저고리 바람 신장헌 씨
조간신문을 쫙 펼친다
개탄한다 준비된 개탄

또 터졌군…… 말세야 말세……

어디서 들었던 소리인가
세상은 평화로 이루어지지 않는군
세상은 사랑으로 이루어지지 않는군
인간의 선은 거짓
인간의 악만이 거짓이 아니로군
말세야 말세……

세상은 온통 도둑놈으로 이루어졌군

밥상머리 개탄의 반주 석 잔을 넘겼다
신문 1면은 인제전투 적병 21명 사살
3면은 부산 마산 여수 밀수조직 일망타진 그리고 토막살인사건

제비꽃

사형수 오진걸
억울하다
부당하다
사형수라니

남덕유산 고사목 산판에서 내려오다가
비가 와
바위굴에 들어갔다
바위굴에서
불 피웠던 것이 잘못

토벌대 정찰병에게 생포
바로 즉결총살하려다가
그래도 재판에 넘기자 해서
사형 확정

광주형무소 사형수가 되었다
수갑 차고
하루가 가고 또 갔다

누구에게나
난 빨갱이가 아니다
난 빨갱이가 아니다
하고 외워댔다

자다가 벌떡 일어나 외워댔다
나는 빨갱이가 아니다
나는 빨갱이가 아니다

일년 몇달이 지나갔다

누구에게도
나는 빨갱이가 아니라고 말하지 않았다
자다가 벌떡 일어나지 않았다

옥방 창틀에 제비꽃 하나 피어났다
그 꽃 두고
그는 새벽 형장으로 가리라

진작에 세상 떠난 마누라 자주 토라지던 모습
무주 산판 시절 하룻밤 지낸
작부의 애끊던 가락
그 두 여자 생각
제비꽃

부청하

제주 북촌
사람들 3백20명이 잡혀왔다

할머니가 말했다
네 아버지도 죽었다
너마저 죽으면 대가 끊긴다
너는 이 할미 치마 속으로 들어오너라

싸이렌이 울렸다

일제히 총소리가 났다
모두 일어섰다가
풀썩
풀썩 쓰러졌다
비명도 몇개 없었다

부대장은
막 제주도에 상륙한 병사들마다
사람 죽인 경험이 없어서
사람 죽이는 경험을 위해서
3대대 전원에게
총살작전을 명령했다

죽은 할머니의 치마 속에서

손자 살아 있었다

부청하
혼자 웃자라며
할머니가 보고 싶으면
아버지
어머니가 보고 싶으면
난바다 배래 저쪽까지
마구 헤엄쳐갔다

중학교 중퇴하고 밀선을 탔다 이마 주름 여섯 개였다

모본왕

고구려 5대 모본왕
무엇하러 이런 사람이 나오는가
무엇하러 이런 왕이 나오는가
모를 일

신하의 여인을 빼앗고
백성의 물건을 빼앗았다
남의 땅도 빼앗아
모본벌을 늘어놓았다

날마다 백성 괴롭혀야
사는 보람
밤마다 신하 괴롭혀야
왕의 보람
참다 참다 늙은 신하가 울며 간하였다

폐하 부디 선정을 베푸소서

알았소 내가 깊이 생각하겠소

뜻밖에 이 대답을 들은 신하
죽음을 각오하고 간한 터
기쁨 넘쳐 어전을 물러났다
왕이 활을 쏘아 돌아가는 신하의 등을 뚫었다

뒷날 신하 두로가
포학무도한 왕의 가슴에 기어이 칼을 박았다
다음날 아무도 시해라 하지 않았다
6대 왕좌는 모본왕의 아들이 아니라
애당초 다른 왕손을 추대했다 비로소 나라가 제자리에 냉큼 섰다

하종숙

지금 일제 때 금광업주 최창학 별장에서
정전회담이 열리고 있다
연안파 이상조 부대표가
견장 어깨 흔들며
책상을 친다

미 극동군사령부 통역 문익환 목사가
달래어 앉혔다

회담장 저쪽에는 인민군 그물모자가 걸어간다
이쪽에서는
고무 부교 가설한 미군이 걸어간다
소나기 퍼붓는다
익은 보리밭 보리가 쓰러져 눅진눅진 썩었다

또 지쪽에서는 경기관총소리 폿소리가 들려왔다
그런 전선 이쪽저쪽 오가는
장사꾼이 있다
놀라운 일
떡과 고기 그리고 참외를 팔았다

뒤축 해진 남자 운동화 신은
몸뻬바지 여자
미군에게 다가간다

몸 팔아
시아버지와 아들 먹여살린다

지난날
가을 코스모스 사이에 서서
사진 찍던
금촌여중 5학년생
머리 딴 미녀
하종숙

그 하얀 쎄일러복 칼라 어디 두고
몸 파는 오늘

세상은 죽어가는 싸움판 아니면 살아가는 살판 장사판이었다

박영덕

밤 소쩍새소리밖에 없다
낮 뻐꾹새소리밖에 없다
그 새소리 있어
얼마나 다행인가
사람들 말소리 느리고 걸음걸이 더 느렸다

충남 유성온천 근처
사립문짝도 없는
초가삼간 박영덕

일제시대 내내
논 팔고
밭 팔고
산 팔고
만주 독립운동자금 보냈던 사람
평양 유리공장 팔아
큰 자금 보냈던 사람

이제 남은 밭뙈기 부쳐먹다가 죽겠노라고
개 같은 해방정국 서울을 떠나왔는데
옛 동지 박진목이 오니
집앞 밭 절반 팔아
상거지 된 옛 동지에게 주었다

잘 가소
언제 또 우리 살아생전 만나겠는가

귀신 여인

섬진강은 처녀의 강인가
순결
섬진강은 묵언의 강인가
고요하고 고요

아니다
섬진강에는 원혼들이 거슬러오른다
섬진강에는
비 구죽죽이 내리는 밤
여기
저기
귀신들이 수런거린다 두런거린다

여순사태 뒤
사변 뒤
비가 오지 않아도
여기
저기 두런거린다

한(恨) 불멸

광양에서 하동 가는 손님이 호젓이 탔다
야간 장거리 택시
소복여인

감히 말 한마디 걸어보기 어려운
위엄인가
기어이 말 한마디 걸어야 할
요염의 자태 아닌가

청옥비녀 낭자머리 앙증맞아라
백옥 살결
무슨 고생 모르도록
고아라

차비는 후하게 드릴 테니 걱정 마시지요
하동국민학교 뒤에서 내립니다

오늘따라
칠흑의 밤
비포장도로 택시가 자꾸 튀어올랐다

눈물재 넘고
도적재 넘었다
문득 백미러를 보니

앗
뒷좌석 손님이 없다 소복여인 없다
오싹

돌아다보았다
손님 의젓이 앉아 있다
오싹
운전수의 입이 굳어졌다 마구 달렸다

푸우
한숨 내뿜어야 했다
하동국민학교 뒤에 차를 세웠다
여인은 택시비로
한 다발 돈을 놓고 내렸다

자정 무렵
하동국민학교 뒷집
대숲 뒷집은
오늘이 제삿날
처마 끝에 등불이 있다
대문도 열려 있다

그 집으로 소복여인이 들어선다
택시 운전수는 혼절했다
그뒤
운전수는 내내 누워버렸다
귀신 붙어
헛소리하며 팔 내저으며 누워버렸다

임환섭

그해 여름
남쪽 대구 부산 남겨놓고
다 차지했던 인민군이
이번에는 거꾸로
다 내놓아야 했다
넘어온 38선도 내놓았고
평양도 다 내놓고 달아나야 했다

내놓고 달아나는 자
남은 기독교인과
옛 중소 상인
민족주의자들을 죽였다
의사도
적의 부상자 치료를 할 수 없게
죽였다

평남 맹산 산골의 임환섭
한푼
두푼 모아 부자가 되었다
그의 상점 세 군데가
반동분자 재산몰수의 대상
그도 순안으로 끌려가 총 맞았다
그래도 죽지 않자
산 채 묻어버렸다

흙에 묻히며
마지막으로
저승의 아버지!를 불렀다
어머니!를 불렀다
맹산 산골 나무꾼이던
아버지
멧돼지에 들이받혀
죽은 아버지
오래 앓다가 떠난
어머니를 부르고 묻혀버렸다

강경

저녁 강물 줄어
개흙바닥 넓다
아이들
개흙바닥 절벅절벅

저기는 순자 궁뎅이여
여기는 은순이 젖통이여
여기는 영배 어머니 허벅지여
하고 강경 금강 기슭 아이들 소리질렀다

이런 곳에 해방이 오고
전쟁이 왔다
수복 뒤 좌익이 가고 우익이 왔다
만물상회 소병철 영감
옆가게 부흥상회 변우철을
빨갱이로 밀고했다
변우철
경찰에 잡혀가 고문받고 손도장 찍고
대전형무소로 넘어갔다

한재덕

식민지시대
일본 유학
와세다 불문학도였지
앙드레 지드에 푹 빠졌지
『좁은 문』
『전원교향악』
그다음
유학생의 필수품
사회주의에 빠졌지

1945년 10월 14일
평양 공설운동장
김일성 장군 환영대회가 열렸지

이틀 전
10월 12일
김일성을
김일성 장군이라 부르자고
최초로 제안해 마지않았지
한재덕의 제안으로
그뒤
김일성은
영원한 김일성 장군이 되고 말았지

그는 늘 자랑
김일성을 장군으로 만들어준 사람은
나라고
나 한재덕이라고 자랑

전쟁 직후 나 한재덕은 남으로 넘어왔지
『김일성을 고발한다』를 써서
대한민국 반공 멸공운동 이론을 도맡았지

몸집 든든했지
몸집 천근의 천관우가 보면
아우님
형님 겨룰 만치
검고 든든했지
50년대
그뒤로도
60년대
70년대
80년대
90년대
영원한 대한민국 멸공으로 늙어가고저
검고 든든했지

대야성 함락

백제 대장군 윤충의 군사
난공불락의 대야성을 떨어뜨렸다
성주 김품석 일가
주둔 신라군 전원 괴멸

장인 김춘추는 궁궐에 들어가 대죄하였다

폐하 소신의 사위 김품석이 불충하여
대야성이 함락되었으니
그 죄를 물어 소신을 죽여주옵소서

그러자 선덕여왕이 엎드린 신하를 일으켰다

그 무슨 당치 않은 말이오 나의 덕이 부족하여
경이 참척의 변을 당하였으니
모두 나의 허물인가 하여 경의 얼굴 차마
볼 수 없다오

이쯤이어야 하나는 왕의 가슴이고 하나는 신하의 뜻이리
정녕

영랑 용아

1927년 10월
가령 최학송쯤은 배고파
저녁 종로 서성이는데
팔자 좋아라

두 시인 김윤식과 박용철
금강산으로 갔다
중절모 쓰고
각반 감고
칠피구두 신고
빅토리아 시대 영국신사 차림이었다

금강산 단풍 찾아갔다
금강산 장안사
승려 김차두의 안내로
비로봉에 올랐다
천하가 내것
비로봉 옆
영랑봉에 올랐다
영랑봉과 저 아래 영랑호가
서로 부르고 대답하고 있었던가
영랑봉
영랑호가 김윤식의 호가 되었다
김영랑이 되었다

금강산 상상봉에 왔으니
자네도 호 하나 있어야지
용띠에 용철이니 저 아래 구룡연이니
용아가 어떠하신가

그리하여
두 시인
금강산에서 각각 이름을 얻었다

모란이 피기까지는
나는 아즉 나의 봄을 기두리고 있을 테요 찬란한 슬픔의 봄을
김영랑

나두야 가련다
나의 이 젊은 나이를
눈물로야 보낼거냐
나두야 간다
용아 박용철

키무라 타께오

박찬주가 키무라 타께오(木村武雄)가 되었다
마을 아낙네들도
찬주
찬주라 부르다가
어느새 타께오라고 불렀다

경북 월성군 촌락
마을 애국반회의에 가서
불쑥 한마디
내가 징용으로 끌려가면
총을 거꾸로 메겠다
애국반의 누군가가 밀고했다

경주경찰서
대구경찰서
서울 서대문형무소 거쳐
함경남도 흥남형무소 사상범이 되었다

1년간
갖가지 고문
갖가지 학대 받고
해방으로 석방되었다
돌아온 남편을 아내가 몰라보았다

그를 밀고한 자
해방된 조국
해방된 고향
마을 반장이 되어 있었다

이제 키무라 타께오가 아니었다
박찬주였다
아버지 무덤에 갔다
독사가 있었다
독사를 죽였다

내려와서 술 먹고 소리쳤다

나와
나 순사놈에게 밀고한 놈
나와

반장이 술 한병 가져왔다 벌벌 떨어댔다

박찬주
자네야말로
우리 동네 자랑이네 애국자이시네

절

소나무더러 절했다
송기 먹고 죽지 않았다

옥수수밭
옥수수에 절했다
옥수수죽 먹고 죽지 않았다

밀밭에 절했다
밀기울 먹고 죽지 않고 살았다

감옥에서 나온 옥철이
콩밭에 절했다
나
대전형무소 콩밥 먹고 살았다

황금물결 들녘에 가서 절하고 울었다
아버님
쌀밥 한그릇
잡수시지 못하고 떠나신
우리 아버님

조옥자

해방 뒤
시모노세끼에서 가까스로 배를 탔다
언니 혜자가
두 번 몸 주어 그 몸값으로
배를 탔다

혜자 옥자 자매
조선에 돌아가면 이모네집밖에 없다
그래도 돌아가야 했다

대마도를 지났다
기뢰에 부딪쳐
배가 폭파되었다
언니 혜자는 죽고
옥자만 살았다
니뭇조각 붙들고
파도 위 떠돌다
용케
고깃배가 건져올렸다

부산 자갈치시장
타마꼬상이라면
횟감
가장 잘 다루는 아낙

138

아낙이라 하지만
실은 처녀였다
몸 팔아 배 탄 언니 죽은 언니 제사 모시러
다대포 바닷가에 가서
대마도 쪽으로 제사상 차린다 달밤 파도소리가 축문이었다

한번 사내한테 마음 준 적 있다
서울 피난민 김낙호
1년 뒤
외상값 갚으러 온 사내

이자로
「가거라 삼팔선」을 불러드린다 하며
「가거라 삼팔선」을
불러주었다

처음이었다 그 사내와
함께 자고 싶었다

고개 저었다

김정길

해남 남동리 중학교 3학년 김정길 군은
하굣길
우는 아이를 데려왔다
인마 우리집에 가 살자
풀도 베고
꼴도 베며 살자

전쟁은 아이에게 부모를 앗아간다

김정길이 움막집 한 채 지었다
솥 걸었다
저녁연기가 피어올랐다
부모 없는 아이 하나하나 데려왔다

어느새 남동리 가면
굶어죽지 않는다는 소문 퍼져갔다
순천
광양
강 건너 하동까지 퍼져갔다

오전의 중학생은
오후의 희망원 원장이었다
낮의 고등학생은
밤의 희망원 일꾼이었다

이내 3백여명 식구로 불어났다
한해 가고
또 한해 갔다

서울대 합격하고도 입학을 포기했다
오직
아이들과
장애자들과 함께 살겠다고
돋는 봄풀에 맹세했다

여름방학 자원봉사하러 왔다가
아내가 된 임숙재와 함께
희망원을 키웠다

마당 흙바닥을 칠판 삼아
한글 가르쳤다
굶어죽는 판에
무슨 얼어죽을 글이여 글이여
그런 어깃장 이겨내었다
되새떼 하늘 가득히
희망원 아이들은 한글 깨쳤다

배순호 경사

괘(卦)에 창으로 찔러 몸을 눕히리니

남원
서남지구 전투경찰 사령부
본부중대
배순호 경사

모범경찰

아침마다 면도 거른 적 없다
턱 파랗다
아침마다 권총 닦는다
티끌 앉을세라
반들반들
티끌 하나 용납하지 못한다
밤에도 닦는다

고향의 아내가 이놈 저놈하고 춤바람났다

반들반들한 총으로
먼 천황봉 바라보다가
자신을 쏴죽였다
몸 눕혔다

삼태기 스님

자장은 높은 스님이고
혜공은 낮은 스님
낮고 더 낮아
하늘도 내려왔다

고대의 자유

원효와 함께
형산강 물고기 잡아먹으며 노는데
사람들이 힐난하자
물가에 바지 내리고
똥을 누니
방금 먹은 고기들이 똥구멍에서 나와 헤엄쳐갔다

세습노비의 아들로 자라나
주인의 병 신령스레 고쳐주고 집을 떠났다
그를 따르던
매 한 마리도 함께 떠났다
이 절
저 절
이 술집
저 술집

삼태기 메고 노래 불렀다

그래서 사람들이 삼태기 스님이라 하고
그가 묵는 절은 삼태기 절

　마침내 옷 입은 그대로 매와 함께 허공에 둥둥 떠다니다가 사라졌
단다

타찌하라 세이슈우

식민지 36년은 누구에게는 길고 길었다
식민지 36년은 누구에게는 짧았다
이 기간
일본제국주의에 반대한 사람들이 있었다
일본제국주의에 순종한 사람들이 있었다
이 기간
일본제국주의의 영화를 누린 사람이 있었다

이 기간
아예
조선사람이 일본사람이 되고 남아
일본과
일본문화를 한없이 받든 사람이 있었다
아예
조선사람이기를 날마다 잊어간 사람이 있었다

조선에서는 소설가 이광수가
조선사람의 이마를 바늘로 찔러
일본사람의 피가 나오도록
일본화해야 한다고 외쳤다

일본에서 저 혼자
일본사람의 피가 되기를 빌며
일본 하오리와 일본 게다짝으로 날마다 섰다

일본 소설가 타찌하라 세이슈우(立原正秋)
그는 길지 않은 생애
여섯 개의 이름을 가졌다

출생지 조선 경상북도 안동군 서후면 대장동
호적명 김윤규(金胤奎)
한동안 이 이름은
일본에 건너가서 썼다
새 이름 노무라 신따로오(野村震太郎)
다시 조선 이름 김윤규를
일본어 발음으로 긴잉께이
창씨개명
카나이 세이슈우(金井正秋)
일본인 처녀와 결혼
처가의 성 따라
요네모또 세이슈우(米本正秋)
그리고 소설가의 필명
타찌하라 세이슈우
2개월 앞둔 생의 마지막
정식 일본호적 개명 판결을 받아냈다
그리고 숨졌다

1926년 1월 6일

146

안동산골
천등산 봉정사 잡부이던
아버지 김경문(金敬文)
어머니 권음전(權音傳) 권암전이 사이 태어났다
이미 윤규가 태어나기 전
아버지는 다른 여자에게서
아들 규태를 낳아
어머니 권음전 앞으로 입적

아버지가 죽자
어머니는 읍내로 갔다가
멀리 구미로 갔다
거기서 일본으로 건너갔다
일본 빈민촌
새 삶을 시작했다

김윤규
요꼬하마상업학교
와세다대 중퇴
'근대문학' 소설가로 등단

이로부터 그의 허구가 만들어진다
한일병합 뒤
일본 국책에 의해

조선 귀족과 일본 여성을 결혼시킬 때
아버지는 일본 여성과 결혼했다는 것

쇼오와 2년 1월 6일
조선 경상북도 대구시 외가 나가노(長野)가에서 출생
호적상 출생은 타이쇼오(大正) 15년 1월 6일
아버지 카나이 게이붕(金井敬文)
어머니 나가노 옹꼬(長野音子)

아버지는 조선 말기
조선 귀족 이가(李家)에서
카나이(金井)가에 입양
군인이 되었다가 예편 뒤
세상을 싫어한 나머지
뜻밖에 선승(禪僧)이 되었다
안동 교외
봉선사에 주석
일주일에 한번 절에서 내려왔다

아버지가 죽자
안동읍내로 이사
일본인 소학교인 안동소학교 다니다가
조선인 소학교인 안동보통학교 전학

어머니가
일본 코오베 노무라 가에 재혼함으로써
그는 일본인 외삼촌인
의사 나가노 데쯔오에게 맡겨졌다
일본에 건너가
요꼬스까 이모집에서 살았다
요꼬스까중학교 1학년 아래 여학생
요네모또 미쯔요(米本光代)가 있었다
장차의 아내

그는 4세 연상의 학생을
단도로 찔렀다
입학 취소를 당했다
요꼬스까상업학교 편입
검도 3단
큐우슈우제대 의학부에 옮겨온
외삼촌 나가노의 초대로 후꾸오까에 머물렀다

쇼오와 18년 4수로
조선 경성제대 예과 합격
다시 일본
여기까지 순 거짓말

와세다대 전문부 법과 입학

전시 근로동원
결혼
아내 요네모또 가에 입적
아들과 딸을 낳았다

문단
나오끼상 수상
많은 장편소설
많은 단편소설을 썼다

종주국 일본에 필사적으로 귀의한 사람
중세 일본에 심취
자신이 중세 일본인이 되어버린 사람
귀족의 후예
귀족의 혼혈이라는 허구의 사람

그에게 조선은 없다
55세 식도암으로 죽었다 희한한 자 아닐쏜가

이기붕

남을 모르는
이승만 집사로 시작해서
나를 모르는
이승만 집사로 끝난
어느 그림자

여기 끼니 거른 듯 슬픈 사진 한 장

이영원

저 10대조 이래
뭇 할아버지들이 대대로
거문고 집안

그런 거문고 집안
10대손 이영원

호탕하여라
열일곱에
날 저물도록
밤새도록
낭자한 유흥 멈출 줄 몰라라

아리따운 기생 졸라맨 허리 풀어
합환주 주고받으니
추월이 다음
삼월이
삼월이 다음
구월이
구월이 다음
홍매
계향
부용
관산월이 꿈결인가 생시였던가

거문고 하나로
왕세자궁의 빈객
정이품 올랐다

늙어 눈먼 소경 되어
오막살이
어둠속
거문고소리 애끓누나

늦은 달 떠 애끓누나

임지훈

어이없는 생!

북쪽에서 국군이 밀린다 한다
중공군이
꽹과리 치며 몰려온다 한다
서울 숭인동 문간방
떡장수 주인네
떡 팔아다주며 사는
문간방 임지훈

고장난 라디오를 잘 고치는 사람

아내는 떡 팔러 갔는데
경찰이 와서 잡아갔다
가자마자 구타당했다
구둣발로 차고
구둣발로 짓이겼다

주전자물 들이부었다
시키는 대로 했다
꾸미는 대로 했다
지장 찍고 찍었다

구속 송치

삼각산 빨치산이 되었다
삼각산에서
보급투쟁으로 내려와 잡힌 것으로 되었다

1심 사형
2심 무기
이렇게 시작한 감옥살이
철창 20년
아내는 벌써
저승 갔다
내보낸다 해도
내보낸다 해도 나갈 데 없다

김소희

천하 국악이 있었다

1950년 12월 28일 서울은 또 야단이었다
모두
남으로
남으로 떠나기 시작했다

놀라워라

짐 싸다 말고
찾아온 사람을
안방으로 모셔다가
술상을 보는 마음도 있었다

눈 내리는 날이었다
주인 김소희가 가야금을 탔다
김소희의 동생이 창을 불렀다

가야금산조 뒤
가야금병창 뒤
손님에게
남은 쌀과 밥까지
보자기에 싸주었다

전쟁 가라앉으면 또 오셔야지요

전쟁의 위급에 이런 사람의 마음이 피어 있었다

남루한 손님 이제 죽어도 여한 없다고
보자기 든 사람
모두 떠나는 서울거리
눈 맞으며 한쪽 어깨 기울어 걸어가고 있었다

그의 행적

하루하루가 흉흉한 날이다
1956년 5월 3일
야당 대통령후보 신익희 연설회
한강 백사장 30만
다음다음날 호남 유세
열차를 타고 가다가
뇌일혈로 죽었다
못살겠다 갈아보자 외치던
신익희가 죽었다

흉흉했다
미국은 유엔군사령부를
일본에서 한국으로 옮긴다 했다
주한미군을 핵으로 무장시킨다 했다

사람들은
갑오년 전봉준이
서울거리를 걸어간다 했다
홍경래가 서 있는 것을 보았다 했다

이런 소리 저쪽에서는
이런 소리와 동떨어진 행각이 있었다

윤병직은 박금태라는 이름으로

다리 저는 과부 서씨와 결혼했다
과부는
잊어버린 사내맛에
넋을 놓았다

빈 몸으로 들어온
박금태가
제 문패를 버젓이 문에 달았다
과부의 논밭
과부의 산들이 하나하나 팔려갔다

석 달 동안
밤마다 즐거웠고
과부 재산 다 빠져나갔다

어느날 남편 박금태는 떠나버렸다
남겨둔 것은
고무줄 빤스와
털내의 한 벌
낡은 틀니
쇠뿔 구둣주걱 따위

다음번에는
박금태라는 이름 버리고

한동안 제 이름 윤병직으로 돌아갔다
본병이 도져
다시 이장훈이라는 이름으로
한 여인에게 다가갔다

아뿔싸 그곳은 수렁 깊었다
그동안 눙쳐온 재산
불귀신 물귀신 같은
그 여인의 밤낮에 바쳤다

버림받았다 이장훈이라는 이름 버리고
바람 빠진 윤병직으로 돌아왔다 병들어 누웠다

본래 빈손 아니던가
공수래공수거 그것

김춘길 소위

육군본부에 누구 있다 빽이 있다
빽 있으면
후방 배치로 살고
요직 근무로 으스대고
빽 없으면
일선 배치로 죽어간다

중공군 모안영은
모택동의 큰아들인데
미군 전투기 공습으로 죽었고
국군 김춘길 소위는
국방부차관 조카이므로
육군본부 인사처장이 외삼촌이므로
후방 근무로 단골 술집 깊숙한 방 술이나 마셨다

육군본부에 누구 있다
잠시 눈가림 아웅
일선 연대에 잠시 배치
햇빛 한줄기 받지 않은
고운 얼굴
햇병아리 소위였다

김춘길 소위
시건방을 떨어댔다

면도하고 검은 안경 쓰고
연대본부 막사 밖에 나타나
바람과 구름에 대고 시건방을 떨어댔다

건봉산 향로봉 884고지
공방전 치열
며칠을 굶다시피 싸우는데
김소위는 시건방떨다가
서울로 가버렸다

며칠 동안 연대급 단위에 보내졌다가
전속명령 받아
다시 서울로 가버렸다

촌놈들 빽 없는 놈들
돈 없는 놈들 개털들
그것들만 전선에서 피죽이 되어갔다
비 퍼붓는 밤
판초 쓰고 보초 섰다가
쥐도 새도 모르게
적 척후병 단검에 박혀 죽어갔다

그 무렵
서울의 김소위는 명동에서 미스 리 미스 조 양쪽에 끼고 있었다

연등회

고려 개경 벽란도 포구
포구에 들어온
무역선 돛배
돛대 숲 이룬 포구
가슴 뛴다
해 저문다

벽란도 언덕
해수암 초파일 등불 늘어난다
갈매기들 자지 않고
밤하늘 돈다

떨리는 신록 불빛 젖는다
떨리는 불빛들 신록에 물든다

어둠속 나선이의 눈동자에 다 들어 있다
오 사랑
아기부처 목욕하신 초파일 밤
송나라로 떠날 사랑 뜨겁다

송나라 백제계 사내 진충 그 사람 따라
떠날 온몸 뜨겁다
진작 진충의 씨 들었다
밤 파도소리

벽란도 술집 노랫소리
밤 깊다

박천노인

마른 개울바닥 건너가며
조선사람에게는 조상이 큰 힘이었다
조선사람에게는 고향이 큰 힘이었다
떠나면
다 끝장
산에 갇히고
물에 갇혀
흰옷에 늘 흙이 묻었다

평안북도 박천에서 온 노인
고향 떠나자
폭삭 내려앉은
썩은 볏짚 지붕인 듯 늙어

손자 죽자
고향에 두고 온 조상 떠나와서
벌받았다고
밤에 히잉히잉 울었다
눈물 없는 울음으로
죽은 손자의 식은 발을 쥐고 있었다

며느리의 슬픔
아들의 슬픔보다 앞장선 슬픔이었다

이희주

이 북적거리는 거리
죽음은 없고 삶만 있는가

모두 죽어가는 전쟁중
죽음 지척에 두고도
천년 살 삶이라고
없는 것을 있는 것이라고 믿어 의심치 않는 사람들이
하루살이로 떼짓는 것
이 세상인가

이 세상 1년 2개월 살고
한 아이가 갔다
이씨라는 성
희주라는 이름도 괜히 달려 있었다

드물게 불알종양
수술했다
다시 종양이 번졌다
임파선 경유 복부로 번져갔다

우라늄 방사선 투사 치료도 무효

배가 부풀고
뼈가 겨울 나뭇가지로 드러나 떨렸다

물!
아파!
이 말밖에 몰랐다

결국 물! 하고 숨을 거뒀다

오장원

부모도 없다
일가친척 없다
글자 한 자 모른다
하지만 가짜 도민증이 셋

본명 김일수 이래
오상곤
권오천
그리고 지금 쓰는 오장원

나이 서른한살
전쟁이 아니라
전쟁 할아버지가 와도
죽을 사람이 아니다

소원은 오직 먹는 것

춘천 납품회사 서랍을 대담하게 열었다

어렸을 때 사먹고 싶었던 눈깔사탕도 사먹었다
지난날 부잣집 아이 혼자
눈깔사탕 사먹는데
그는 옆에서 쳐다보고만 있었다
군고구마도 사먹었다

엿도 사먹었다
카스테라도 사먹었다
북어도 한 마리 사서
방망이로 두들겨 먹었다
해장국도 두 그릇이나 사먹어보았다
불고기백반을 불백이라 했다
불백도 5인분 6인분 사먹었다

소원이 하나 더 생겼다
여자였다

이번에는 은행강도를 계획했다
얼마 전 감옥에서 나온
특수절도죄 2범 전과자를 만났다
그의 말인즉
이 세상에 불가능이란 없었다

그가 끝내주는 여자도 소개시켜준다 했다
새매와 산비둘기 뒤섞여
저녁 하늘 위아래를 채우고 있다
불가능이란 없다

홍제동 화장장

아무데서나 죽는 전쟁
아무렇게나 죽는 전쟁

홍제동 화장장 굴뚝
몇달 동안 연기 없다
화장장 화부 임술택 떠난 지 오래

서천오락(西天烏落)

알 수 없어라
쥐 한 마리
빈 굴뚝 위에 올라가 있다

동림변고(東林變故)
화장장 화부 김기우 떠난 지 오래

홍제동 화장장 담쟁이 올라
장차 실려올 송장들 기다리지 않는다

첫눈

국민학교 교사 김한식
의용군으로 끌려 퇴각하다가
철원 지나
김화에서 도망쳐나왔다

돌아오니 집은 비었다
바랭이풀이 마당을 덮고 있었다
어디 갔는가
암산 잘하는 아내

서대문 영천
냉천동
미근동 어디에도 없다

꿈속에서도 아내를 찾다 찾다 못 찾았다
날마다 춥고 배고팠다
진짜 외로움은 배고픈 것

첫눈 오는 날
남대문시장 입구 상밥집 앞에서
누가 '여보' 하고 불렀다
아내 여운희였다
그동안 배고픈 날들 다 잊었다

을동이

조선 장희빈 시절
예산 낙향 선비네집 이야기

새경도 없는 어린 머슴애

주인마님 잠 못 이루실까보아
뒤뜰 연못 개구리 울음소리 나지 않도록

돌멩이 하나하나
연못에 던지며 날이 새었다

어린 머슴애 을동이

낮은 찬밥 한 덩이 먹고 콩밭 매러 뙤약볕 동무가 되고
밤은 개구리 연못가 이슬 다 맞는다

성씨가 있을 까닭이 없다 방가도 아니다 지가도 아니다

아기

오호 통재라
서울 교외 중랑천 건너 망우리 언덕까지
시체
시체
시체 널렸더라
국군 시체
인민군 시체
민간인 남녀 시체

중공군 시체
터키군 시체
코만 남은 미국 백인 시체
흑인 시체
검은 얼굴 일그러진 채
이빨 하얗게 드러나 하늘 보고 있더라

여자 시체 옆
아기 시체 있더라
시체가 아니었다 꿈틀거렸다

오호 어린 목숨 하나 꿈틀거렸다

이달수

삼선교에서 잡혔다 후줄그레한 이달수
청량리역에 끌려갔다
너도
나도
잡혀온 자들
거리에서 잘못 걸려든 자들 집결이었다

청량리에서 원주로 갔다
밤 화물차에 실려
원주
신림역쯤

그곳 철도 보수에 투입되었다 털북숭이 이달수

낮에는 숨어 있다
밤에는 레일 작업
낮에는 또 철로가 폭파되었다
밤에는 또 철로 보수 밤에도 폭파되었다

철야작업
철야공습
일하다가 대피
대피하다 죽어갔다

인민군 전면후퇴로
도로 노력반 해산
잡혀온 지
1개월 반

갑자기 어디로 갈지 모르는 외톨이였다
후퇴 인민군 검문에 걸리고
전진 국군 검문에 걸렸다

세 번이나
즉결 직전 구조되었다 질긴 목숨 이달수
세번째 살려준 장교에게
생명의 은인
이름이나 알고 싶다고 이름을 물었다

지금 그런 것이나 물을 때 아니니
어서 가오
했다

그뒤 이달수는
전국을 떠도는 방문판매업에 나섰다
몇번 더 죽을 고비 넘겼다
부산 국제시장 화재
제주 목포 간 여객선 침몰

묵호여인숙 강도살인 사건에서
그는 아슬아슬 살아났다

늘어가는 것 깡술

앨리스 현

아름다운 여인이다 그녀의 몸에서
아지랑이가 피어올라
뭇 사나이들 머릿속 어지러웠다
가슴속 너울 일렁거렸다

1903년생
식민지시대
분단시대
미국
중국
남한과 북한
체코 등지를 망라
지치지 않는 스파이의 삶을 살았다

1910년 상하이에서는
여운형
박헌영의 친구였다

상하이 임시정부 설립 공로자
현순 목사의 딸
하와이에서 태어난 첫 시민권자 앨리스 현
컬럼비아대 졸업
아버지의 뜻에 따라
미국 CIA 요원

앨리스와
그의 아우 피터 현
데이비드 현
세 남매는
1945년 매카서 사령관 비서였다
1949년
체코 경유
북한으로 들어가
박헌영과 합류

그녀는 미국 스파이였으므로
평양에서 처형된다

아름다운 여인이다
그녀의 몸에서는
뭇 사나이들
그 매혹에 오만에 빠져들어 헤어날 수 없었다

외아들 상권이

태백성(太白星)이 달을 범하였느니라

인민군 내려왔다
국군 올라갔다
중공군 내려왔다
인민군 내려왔다
국군 올라갔다
유엔군 올라갔다

38선 언저리에 휴전선이 그어졌다

경기도 마석 한 마을 텅 비었다
늙은 부부하고
옥수숫대가 남았다

아들 상권이
의용군으로 가 소식 없다

화투를 잘 그리는 손재주
이승만을 그려서
중학교 3학년 때
도 교육청 표창장을 받은 손재주
인공 때 4학년 여름
김일성을 그려서

마을 인민위원회 사무실 벽에 걸린
앙증맞은 손재주

그 아들 돌아오지 않았다
돌아와도
김일성 사진 그린 것 때문에
어차피 살아날 수 없었다
그 외아들 상권이
소식 없다

그 아기

열여섯 나라 군대가 와 있다

열일곱번째
중국 인민의용군이 왔다
폐허 서울에는
동대문이 남았다
남대문이 남았다

동대문 밖 신설동
이 집
저 집 다니는 행상 아낙
그녀 등에 업힌 쌍둥이
한놈은 종두뇌염

아빠는 숨어다니는 신세
엄마는
여기저기
떡을 팔았다

종두뇌염 걸린 놈이 끝내 죽었디
산 놈은 업고
죽은 놈은 품에 안았다
머리에 인
떡광주리 아직 무겁다

울며불며 안고 가
신설동 뒷산에 묻었다

잘 웃던 그놈
총소리에 놀라
울던 그놈

엄마
엄마 하던 아기

아직 아빠
모르는 그놈

무엇하러 왔다 가나 이 세상
무엇하러
대한민국이다가
인민공화국이다 하는
이 세상 호적에
그대 이름 올렸다 가나

강의섭이라는 아기 이름

백형복

산야에는 희귀한 풀이 숨어 있다
사람냄새가 나면
누렇게 되고
짐승냄새면
파랗게 되는 풀이 있다
황록초

산야에는 희한한 인물이 있다
진보랏빛 입술
송장 입술 그 때문이 아니다
노란 눈동자
참도 아닌
거짓도 아닌 눈동자
그 때문이 아니다

진한 숯머리 그 때문이 아니다
우렁우렁
빈방 가득 차는 목청 그 때문이 아니다

일제 때 순사시험 합격한 이래
일본인 경부보 밑
민완형사
해방 뒤 전북도경 사찰과 부과장
강원도경찰청 사찰과장

내무부 치안국 사찰과 중앙분실장

이만하면
일제시대 독립운동가
해방시대 좌익운동가
체포 고문의 장본인 아닌가

밤에는 호색이라
명월관 기생 월선 든든하여라
두번째 기둥

그런데 이자가 희한하게도 기구하게도
북조선 내무성 공안간부가 되었다
박헌영 사건에 연루
1953년 8월 처형되기까지는
희한하게도
남조선로동당이었다가
조선로동당이었다가

서상훈 씨

식민지 36년이 그 이전과 그 이후
커다란 단절의 시간을 만들어
이전은
오늘 없는 옛날
이후는
어제 없는 오늘

식민지 이전은 그렇게
어제가 아니라 먼 고대였다
먼 숙종과 장희빈이었다

1950년 남북전쟁이
그 이전과
그 이후에
커다란 단절의 골짝을 만들었다
아직 누구도
그 골짝에 무지개다리 놓지 않았다

증오는 쉽고 사랑은 공허했다
전쟁 전의 서상훈 씨는
전쟁 뒤의 서상훈 씨가 아니었다
자신으로부터도 소위 내면으로부터도
커다란 단절의 타자가 되었다

이자 없이
돈 잘 꾸어주던 사람이었다
이제 어림없지
서울 중국대사관 골목
급전 고리채 4할을 놓고 있었다
여기
저기

근저당 건물들 땅들 지체없이 차지하고 있었다
곧 칼 맞으리라
명동파 두목 뱁새의 비위를
오래 거슬렀다
군표 몇백불 주어버려야 했는데

길선주 목사

으라차차 열아홉에 차력을 했다
완력이 셌다 바위를 밀었다
일찍 서북 기독교에 들어갔다
신령이 셌다 마귀를 밀어냈다

내일 일어날 일
내월 일어날 일 미리 안다

저 북간도 명동촌에도
그 소문이 닿아
내년을 미리 알려고
그를 찾아갔다

기미년 33인이나 서울 태화관에 나타나지 않았다
체포되어서야
서울에 왔다
서울형무소에 왔다

더욱 신령이 셌다 그가 기도하면 고질병 나았다
한국기독교는 한국무교(巫敎)였디
허나 나중의 친일 딱하디딱하다

김규동

열살 때쯤 불현듯 멎은 키
자그마한 키의 사람
돌담길
흙담길
잘 보이지 않는 사람
밤 보슬비 오는 듯
걸어가는 구둣발 소리 안 나는 사람
아니 나지막한 말소리
하루살이같이
하루살이같이
있다가 없어지지 않고 머무는 사람

1948년
함북 종성에서 평양으로 갔다
김일성대학 조선문학부 학생
안되겠기에
38선 넘어
고향의 스승 김기림 계시는
남한 서울에 가기로 했다

어머니한테 아뢰었다
곧 돌아오겠노라고 하고
남으로 와
스승의 모더니즘을 배웠다

곧 돌아가겠노라고

정작 스승은
전쟁 때 납치되어 북으로 가고
남은 제자는
임시수도 부산과
환도의 서울에서 '모더니스트'가 되었다
돌아가겠노라던 뜻 못 이룬 채 누구보다 먼저 자택을 지었다

스승의 「바다와 나비」 대신
「나비와 광장」

아장아장 걸으며
섣부른 모더니즘에서
쭈뼛쭈뼛 섣부른 민족주의로 돌아섰다

어린 시절의 고향과
어머니
그리고 통일이 육친이었다

나지막한 말이었다
선명한 기억력
비 온 뒤의 풍경들
모두 다 지난날이다

웃으면
십년 원수 풀어진다
술 한모금 통 모르고 해 저문다

임경술

나라를 빼앗겼을 때
망국의 조선사람들 울었습니다
울부짖었습니다
목숨 스스로 끊었습니다
어떤 사람들은
망한 나라를
다시 찾으려는 염원을 칼 갈아 세웠습니다

평남 강서군
강서고분 부근의 한 농민 임경술
논 1천5백평 팔고
밭 2천평 팔아
남만 경학사로 자금 보냈습니다

그런 사람이 하나둘이 아니었습니다
그러므로 매국 오적과
친일 지주들
총독부에 벌써 빌붙은 자들 맞서
조선의 기상 마루턱 떨쳤습니다

임경술의 3남
임삼웅이
황해도 옹진반도 삼팔선에 이르러서

나는 북도 아니올시다
남도 아니올시다
조선 전체올시다
하고 외치고
앞바다에 몸을 던졌습니다

그뒤 전쟁이 일어났습니다
임삼웅의 누이 수련이
어찌어찌
남으로 흘러와
임진강 기슭의 식당
통일옥을 차렸습니다
밀물 때 임진강은 강이 아니라 바다입니다

그 강물도 아닌
바닷물도 아닌 밤 오라버니의 목소리 들렸습니다

어느 어머니

1950년 12월 21일
평양 기림리
장남 강천 18세
차남 형천 15세
삼남 묵천 13세

이 삼형제 남으로 떠나는 날

어마니 함께 가시자우요

약골의 장남이 말했다
폐병으로
인민군에 나가지 못했다
어마니 가시자우요
차남과 삼남도 말했다
가시자우요

어마니 없이 어케 살아가갔시오
가시자우요

어머니가 입을 열어
나야 느이 아버지하고
함께 살란다
어서 너희들이나 날래 떠나라우

삼형제는 뒷산에 올라
아버지 산소에 절하고 떠났다

벌써 중국군 청천강 건너
안주에 다다랐다 한다

삼형제는 등줄기가 뜨겁고
앞가슴이 메었다
걸어가다
타다
또 걸어가다
가고 갔다

삼남 묵천이 자주 울었다
장남은 예성강 건넌 뒤 죽었다

두 형제만 가고 갔다
두 소년만
갈 곳 없이 갔다
옆에서 누군가가 쓰러졌다
멀리서 포성이 울렸다
눈보라 속 어제도 오늘도 없어졌다

할망구집

부산 서면 미창(米倉) 창고들
대한통운 창고들
제일운수 창고들
황량한 거리 끝
납작집이 밀줏집이었다

밀주 담가
단골에게 판다
낯선 손님에게는
양조장 술을 판다

낯선 손님 유대선 씨가
양조장 술 마시며 한탄한다

1910년 조선총독부에 신고된
조선 가양주만 40만종 이상
그뒤로
전통주 2천여종이 남아 있었다

이 니리 신야
고개 하나 넘으면
술맛이 달랐다
그런 술 다 없애고

총독부 허가 양조장 막걸리만 팔더니
이제는 또
대한민국 양조장 막걸리만 팔고 있단 말이야
하고 한탄하는 소리 듣고

할망구가 말하기를
신사양반 애국자구마
이거 마셔보라꼬
하고 밀주 한 주전자를 내왔다

마셔보았다
카아

애국자 양반 술얘기 더 해보시라꼬
그러자 한잔 마시고
카아!

정월 대보름 귀밝이술이라
청명날 청백주라
단옷날 창포술이라
유월 유둣날 유두주라
칠월 백중 막걸리라
팔월 한가위 동동주라
구월 구일 중양절 국화주라

시월 상달 약주 약주 웃국이라
동짓달 수수주라
섣달 섭섭주라

이 양반 이거 마셔보소
뒷마당 항아리에서 퍼온
동동주 한 사발 더 내왔다

카아!

완월동

임시수도 부산은
1·4후퇴 이래
부산은
원주민보다 피난민이 많았다
이북 5도에서
서울에서
경기도에서
강원도
충남 전남에서 왔다

모든 것이 부산으로 왔다
정부도
은행 본점도
금융조합도
YMCA 본부도 왔다

젊은 여자도 부산으로 부산으로 왔다
다방
바 니나노 그리고 완월동

가파로운 완월동 미도리마찌 전축집
미스 정은
말없는 미인이다

술 취한 손님 받아
몸 위에 올려놓고
잠들기도 한다 곗돈 계산도 한다
간밤 지독한 녀석 만나
뜬눈으로 새웠다 쌍

이른 아침 떠나는 뱃고동소리
남포동 앞바다 훑고
완월동 언덕 훑어 오른다

골목들 아무 일도 없다 빈 깡통이 굴러가다 멈췄다

대륙의 10일

1921년 미국 워싱턴에서 태평양회의가 열렸다
이에 맞서
소련 모스끄바에서는
레닌 주도의 동방피압박자대회가 열리게 되었다
상해 임정은 파벌로 정체되었다
이 정체 벗어나기 위해
일부는 하얼삔에서 씨베리아 철도 탔는데
여운형 김규식 등은
중국 북경 장가구에서
몽골 고륜
소련 국경 캬흐타에 도착

백계 제정파 웅겐 남작의 2만 반혁명군
외몽골에서 전멸된 뒤
중국인 추방한
외몽골 일대 순 마적단 판

털옷 가죽옷
낙타털을 안에 댄 장화
털 그대로의 양가죽 모자
털가죽 외투
털가죽으로 테를 댄
셀룰로이드 안경
늙은 양털가죽의 자루이불

그리고 말린 양고기

소총과 권총을 마련했다
10여일 걸려 몽골사막 횡단
영하 20도
사막 복판의 야영 거듭하다 먼 목적지에 다다랐다

가다가 양을 잡아
휘발유통 솥에 국을 끓이니
소금 없이도 성찬
소몽 구경
삽스끄
우딘스끄 경유

언 흑빵 도끼로 쪼개어먹으며
이르꾸쯔끄
모스끄바 다다랐다 1922년 1월 7일

중국도 몽골도 그리고 혁명 뒤의 소련도 모두 절대빈곤
제3인터내셔널 지노비예프 연설을 들었다
레닌
뜨로쯔끼와 만났다
한국혁명은 임시정부를 지원하고
격려하고 수정함으로써 수행되어야 한다

한국은 공산주의에 관한 지식이 없는 농업국가이므로
민족주의를 강조해야 하고
제1차 목표는 농민에 두어야 한다고
여운형이 역설
레닌은 우선 식민지 해방에 깊은 관심

왠지 소박한 원론일 따름이다

이장돈 마누라

1950년 1월 10일
피난의 혼란 속에도
1950년 1월 25일
마지막 피난의 혼란 속에도
장이 섰다
사람이 살아 있는 한
장이 섰다

다시 인민군 세상이 된 서울
사람이 남아 있는 한
장이 섰다

폐허 여기저기
떡
국수
어디서 온 막걸리도 팔았다
나뭇단도 팔았다
헌 옷가지 빈집 털어다 팔았다

기총소사 맞아 죽은 시체가
눈밭에 뻗어 있어도
그 언저리에 장이 섰다 닭도 팔았다

삼층집

이층집들은 폭격당하고
일층짜리 납작집들은 남아 있었다
서울시 인민위원회가
시청에서 업무를 시작했다
거무튀튀한 사람
호탕한 웃음 껄껄
다시 온 이승엽이 위원장이었다
폭탄웅덩이 파인
시청 광장
폭격 없는 저녁 궐기대회가 열렸다

이제 영웅적인 조선인민군은
두번 다시 작전상 퇴각하는 일이 없을 것입니다
운운

그런 궐기대회에서도
광장 여기저기
떡
국수
막걸리가 팔리고 있었다

신당동 이장돈 마누라
억척이라
수복 후

대한민국에서도 떡장수였고
후퇴 후
다시 인민공화국에서도 떡장수

과연 재수복 후
1953년 낙원동에 진출
오복떡집을 차렸다
언제나 머릿수건 쓴
그녀
공습에도 눈썹 하나 까딱 움직이지 않았던
그녀
어떤 공포도 불안도 알 바 없는
그녀

오충남

1952년 6월
논산역전 다방 가고파
아침부터
「신라의 달밤」 틀어대고 있다
마담과
레지 둘
번진 하품 메아리 졌다 뽕짝이 제일이었다

파나마모자
하얀 양복
칠피구두 신은 사나이 들어왔다
오충남

마담 나 모닝커피 줘
마담도 무엇 하나 주문하드라고잉

그러고 나서
나 어제 부산 다녀왔지 하고
넌지시 자랑이었다

촌놈 임시수도 부산 한번 다녀오면
지방유지 중의 유지가 되렷다
그래서
부산 간 적 없는데

부산 갔다 왔다고 헛수작 떠벌리고 다니렷다

그 자랑 뒤 오충남 수법
마담
나하고 유성온천 한번 다녀와
응?
마담

아이고 누가 보면 어떡해요

보긴 누가 봐
마담하고
나뿐인걸
어때 내일 다녀오자구……

집에 가면 양식 떨어진 마누라
빈 바가지 긁는데
밖에 나오면 다방 순례 멜로드라마로
마담 손 잡고 마담 더운 가슴 물참때 더듬나니

어느 제자

아침마다 교장실 꽃병
새 꽃이 함초롬히 꽂혔다 반드시 꽂혔다

현순옥
경남여고 학생이었다
감히 경남여고 교장을 흠모해 마지않았다

교장 유치욱
감히 학생 현순옥을 사랑해 마지않았다

순옥! 너는 내 영혼의 반절이야 어쩌자고
선생님
선생님은 제 영혼의 전부입니더 어쩌려고 어쩌려고

시인 교장 유치욱이 트럭에 치여 세상 떠났다

하단 무덤에 관이 내려갈 때
제자 순옥이 산발하고 달려와
저도 데려가셔요 데려가셔요 울부짖으며
관과 함께 묻히려고
몸을 던졌다

선생님만 가시면 어떻게 해요 함께 가요 어쩌려고 어쩌려고

폐허 동인

3·1운동 직후 식민지문학의 한 풍경 아름다웠다
그들의 폐허의식 좀 비장 좀 공허

철학 김만수
쇼펜하우어를 자주 읽었다
화가 김찬영
김안서
김일엽
오상순
남궁벽
염상섭
변영로

서울 적선동 김만수 자택 대문
'폐허사' 간판이 걸렸다
폐허사라?
폐허사라?
지나가는 사람들이 잠시 갸웃
지나가는 개도 갸웃
폐허사?

그 문을 열고 들어서면
사랑채가
폐허사였다

그곳에 모두 다 와 있다 비장과 공허
그곳에서 몇걸음 가면
과수댁 술집이 있다
그 술집에는 간판이 없다

술집 주모
저고리 옷고름 풀 수 없게
옷고름 옭매어
단단히 잠갔다
아무도 그 과수댁 사연을 모른다

누군가가 그 술집 이름 지었다
폐허사 별관이라고

미친 사내

전란중에는
죽은 사람이 하도 하도 많았다
또한
미친 사람도 하도 많았다
설미친 사람도 많았다

서대전 시가전
서대전 폭격에서
살아남은 미친 사내 하나

심판이 다가왔습니다
크게 외치며
빈 거리를 싸질러다녔다
맨발이었다
지치면 외치던 소리 작아졌다
요단강을
백마강이라 했다
백마강 건너가면 천당입니다 심판이 다가왔습니다

사람 없는 거리를 디녔디
가끔씩 다른 미친 사람 만났다
백마강 건너
천당 가라 했다

아니 네가 길룡이 아니냐
죽은 내 아들 친구
참새 열 마리나 구워먹은 길룡이 아니냐
내 아들 순만이 내놔라 이 싸가지 반푼어치 읎넌 놈으 자슥

관악산 연주암

오늘도
관악산 연주암 팔십 노승 허월화상께서는
서울 쪽으로 가는
전투기
폭격기를 바라보셨다

또 퍼부으러 가는군 삼계화택(三界火宅)이로고

양식이 떨어져간다
양식 다 떨어지면
그대로 굶다가 눈감을 작정이셨다

석가모니 팔아 공밥 너무 먹었어
이제 그만 먹어야지

선망(先亡) 부모 성도 이름도 잊으셨다
어느 절이 본사(本寺)인가도
이제 모르셨다

이제 가야지

한탄강

물의 강일 때
물밑 자갈들 환했다
피의 강일 때
물밑 자갈들 묻혀
오직 피투성이 시체들 떠내려갔다

한반도의 모든 강 가운데
전투가 모여든 곳
한탄강

물의 강이 피의 강이 되었다
산 자들에게
탄식의 강이었다

경기도 연천 갈말 사이
한탄강 고기잡이
설대구 영감 그물 찢고
아주 소요산 절 불목하니가 되어버렸다

그 중학생

서울역
마지막 떠난 피난길
화물차 열한 대
화물차 지붕 위에도 사람들 올라타고 떠났다

한강 건널 때 여섯 사람
화물차 지붕 위에서 추락했다 물귀신이 되었다

영등포역
1백명
화물차 안에 쑤시고 들어왔다
다른 사람들 철로에 누워
우리를 죽이고 가든지 태워주든지 하라 외쳤다

다음 차 온다
다음 차 타라
가회동 육청수가 외쳤다

너나 내려와
너나 다음 차 타라
나는 이 차 타야겠다
영등포 당산말 차용걸이 외쳤다

다음 차 꼭 온다

다음 차 타라
적선동 백영선이 외쳤다

다음 차가 어디 있느냐
이 차가 마지막인 것 다 안다
영등포 도매상 주완봉이 외쳤다

마구 기어오르고
마구 밀어내며 차는 떠났다

탄 사람은 기뻤고
타지 못한 사람은
발 동동 구르고 팔 부들부들
타지 못한 영등포 공업학교 2년생
윤정호 군
어깨에 멘 쌀자루 내려놓고
빈 철로를 바라보고 있었다

다음 차 올 것이다라는 헛꿈

꼬마 존

아버지는 상소문 올려보낸 것
화를 불러
귀양살이 가고
어머니는 세상 도중에 떠나니
고아

가난한 숙부네 집에서 얹혀 있다가
병 깊어 죽어갔다
방 윗목
병풍 아래 눕혀놓은 것

선교사 언더우드 부부가 데려다 어찌어찌 살려냈다
그 아이가
꼬마 존(John)

이번에는 미국에서 돌아온 서재필의 인도로
미국 동부에 건너갔으니
장차 임시정부 지도자 김규식이라
어릴 때 별명 번개비
번개 치는 밤
비 퍼붓는 밤
늘 그는 자신의 확대인 민족을 걱정했다
새벽 종소리 들었다

미국 만주 몽골
러시아 프랑스
그리고 중국의 상해
남경 천진 북경
성도 중경
그러다가
작은 조국에 돌아와
좌도 우도 넘어 흐지부지 슬펐다

장덕운

서울역전 양동 건달 장덕운
서울역에 나가
사흘을 줄섰다가 열차를 탔다
남으로 가는 피난열차

대전까지 온 것만 해도
이제 살았구나!
영동 옥천까지 온 것만 해도
이제 살았구나!

영동에서 추풍령까지 걸어갔다
걸어가다
빙판에 미끄러져 다리 하나 못 썼다
그래도 서울에 남아 있는 것보다는
얼마나 다행인가

모르는 사람이 그를 들쳐업었다
감사합니다 라는 말을
스무 번이나 했다

김천에 갔다
김천 철교 밑 움막에서 살기 시작했다
다리병신 절룩거리며
넝마를 주워다 고물상에 냈다

리어카 한대 외상으로 장만

중고 타이어 사들여
고무신공장에 냈다
미군부대 새 타이어 받아냈다
부자가 되었다

김천 서라벌다방 마담
번 돈
조금씩 조금씩
야금
야금
빼가고 있었다

벚꽃 피었다고
직지사 간다고 얼마
어머니 생신이라고 얼마
상주여중 동창회 간다고 얼마
산부인과 진찰 간다고 얼마
미제 코트 산다고 얼마

팔당 노인

양평의 혼성병력
가평 쪽으로 긴급이동중
군인뿐
민간인은 어디에도 없다

아니 한강 강심
한 척 거룻배
딸도 아들도 무엇도 없는 팔당 70년 있다

그물 내리는지 걷어올리는지
혹은
그저 혼자 앉아 있는지

그 지옥의 계절에도 태평성대 그림 하나

을지로 1가

어제 떠나지 못한 사람들
오늘 떠났다
오늘 떠나지 못한 사람들
내일 떠난다

1·4후퇴
그것은 혼잡이고 혼란이고 혼돈이고
온갖 비명
여기저기
온갖 절규
여기저기

누가 누구인지 몰랐다
그것은 혼돈

거기에 절도 강도가 판쳤다
집 털었다
피난길 보따리 빼앗겼다
유씨 아줌마는
금반지 금목걸이 내주어야 했다
태익선 씨는
숫제 입은 옷을 벗어주었다
덜덜 떨었다

이제 서울에는 가난뱅이들 무지렁이들
몇십만명 남았다
절도 강도 남아 있다

곧 중공군을 맞이한다
수복 후
걸린 태극기 대신
인공기가 또 걸린다
시가전도 없다

을지로 1가 휩쓴
강도에게도 이름이 있다
박관영
앞니 하나 빠진 박관영

그들

1950년 12월말 남쪽으로 떠나기 시작했다
운현궁 양관(洋館)
김석원 부대장 병력 몇명이 남아 있다가
그들도 떠났다

종로 일대
동대문
서대문 일대
굴뚝에서 연기 나는 집 없다

빈 서울
떠나지 않은 사람들이 있다
최익한
박진목 들
피난 가지 않고
서울에 남아 있다가
북에서 내려오는 인사와 만나
전쟁 종결을 호소하기로 했다
더이상
동족의 피 흘리지 말자는 것

혜화동 보성중학교가
서울시 인민위원회 임시사무실이었다
부위원장 한지성

영국군으로
싱가포르 말레이선 대일전 참가한 사람
연합군 훈장 받은 사람
해방 뒤
김원봉 계열로 귀국한 사람

최익한 박진목이
한지성을 통해서
서울에 온
이승엽을 만났다

제2차 수복 뒤에도
최익한 박진목
미군 첩보대와 연결
평양에 다녀왔다
그런 헛수고들이 정신 나간 짓거리들이
휴전의 씨 뿌려 휴전 뾰쪽뾰쪽 앳된 싹 텄다

만명부인

멎져

우물 두레박 물 떴다
그 처녀에게
말 탄 젊은이
물 한모금 청했다
물 주었다

젊은이가 읊조렸다

봄동산 한 마리 나비
아름다운 꽃 보고
어찌 그냥 갈꼬

그 처녀가 읊조렸다

하늘 나는 기러기야
망망대해 건널 적에 조심치 아니하면
물에 빠져 죽으리라

그것으로 끝날 수 없었던가

두 사람은
남몰래 정 깊어갔다

소문이 떠돌았다
아버지가 광에 가뒀으나
멀리
진주 가서
가시버시가 되고 말았다

그 가시버시 만명부인 도망쳐온 친정 가는 길
산길 굶주린 늙은이에게도
성큼 젖을 먹여 살려냈다

멋져

꿈속에 보살이 옥을 주었다 태몽이었다
그 태몽으로
김유신 태어났다
만명부인 멋져

편종수

장차 이 나라는 집 지을 일 많을 것이다
장차 나는 쓰일 데가 많을 것이다
피난 가지 않았다
막일하다가
겨우 쇠손 익혀
미장일 시작한 사람 편종수

피난 가는데
피난 가지 않으면
수상한 사람 된다
빨갱이가 된다
간첩이 된다

그래서 피난 가는 척
옷 세 벌 껴입고
짐 지고 나갔다
나가서 인산인해 거리 떠돌다
밤에 돌아왔다
1월 6일 중공군이 한강 이남 노량진거리에 나타났다

장차 집 짓는 일 많을 것이다
폐허에 남아
폐허에 들어설 집들을 꿈꾸었다
미장이로 바쁜 내일을 꿈꾸었다 아먼 그렇고말고

추교명

추교명의 하루하루는 정성 그것
제일운수 남대문 지점 수송계 직원
추교명의 사변 때 하루하루도 정성 그것
수송계장 안재길이
의용군으로 가자
상사의 가족들 돌보았다
감자도 구해왔고
고구마도 구해왔다

사람들 모두 떠나는 거리
1·4후퇴의 거리
돌아온 상사를 만났다

계장님!
어잇 자네 교명이 아닌가

추교명이 상사에게 줄 것이 없었다
담요 외투를 벗어주었다

저는 또 구하면 됩니다 춤습니다

통불

통불이 뭔가
통째 놓는 불인가

1951년 3월 15일
두번째 빼앗겼던 서울
다시 국군이 들어와
되찾았다

우세두세 행정기관 일부도 들어왔다
상공부 무역국도 들어왔다
이 폐허에
이 잿더미 수도에
무슨 무역이겠는가

썰렁한 청사 한쪽 남아 있어
거기에 책상을 놓았다

아직도 작전지역
밤에는 병사들
빈집 불질러 통불 쬐었다
쓰러진 전신주 토막내어
통불 놓았다

어둔 밤 살아남은 얼굴들

붉으락
불에 익어갔다
길가의 전신주가 하나하나 없어졌다
군대 취사반 따라
서울에 온 무역국 조사계장 이용문
서대문 교문동 집이 궁금
다음날 오전 달려갔다

집터만 있고 집이 없다
그 일대 폐허
통불 놓은 잿더미 바람에 날리고 있었다
작전지역
중대 막사가 아직 철수하지 않았다

이용문은 노여움을 버렸다
나 혼자 겪는 재난
나 혼자 당하는 불행 아니었다
다른 사람들은 죽고
나는 살아 있지 않은가

시름이 있는 한 집은 또 짓지 않는가

장현

17세기 전반 역관 장현이 투전을 들여왔다
대물림 역관
청나라길 빈번

투전 80장
두꺼운 쪽종이 기름 먹여
손가락 굵기의 폭에
길이는
한 뼘

한 면에는
사람
물고기
새
꿩
노루
별
토끼
말 등의 그림
혹은 흘려쓴 끗수

같은 그림
같은 글자가 열 개 모여 80장
이를 일러 팔목(八目)이라

사람을 인장(人將)이라 인장 즉 황(皇)

어장(魚將)을 용(龍)

조장(鳥將)을 봉(鳳)

치장(雉將)을 응(鷹)

성장(星將)을 극(極)

마장(馬將)을 승(乘)

장장(獐將)을 호(虎)

토장(兎將)은 취(鷲)라 함

또한 사람 물고기 새 꿩은 노(老)

별 말 노루 토끼는 소(少)

'삼팔 돛대가보'는 3과 8과 8이 합하여 가보가 될 때

'썼다 벗었다 안경가보'는

1과 8이 합쳐 가보가 될 때

'일장통곡하는구나'는 1과 10이 합하여 끝수가

꼬래비일 때

'기운 센 놈'은 10과 4가 합한 끝수

'장사'를 일컫는다

역관 장현

장희빈의 오촌 당숙

역관은 역관이되

그 권세 사대부를 웃돌았으니
청나라 오가며
무역으로 큰 부를 이루었으니

과연 조선의 부가
중인에게 모였고
조선의 사치
중인이 퍼뜨렸다
조선의 풍류 주색
중인의 밤이었으니
또한 조선의 도박
중인의 파적거리라

이른바 중인의 자제들은 독서 전폐
방탕 일삼아
투전 도박을 문장으로 알고
주색을 전시(殿試)로 삼아
인품을 제대로 갖춘 자 없나니……

장현의 건기침 한번에
한양성내 동당치기 가보치기로 날이 새도다
다 털리고 나면
처첩도 걸어
한 끗발 조이며 넋 나간다 기껏 다섯 끗

박근상

해방 직후 남로당 열성당원 박근상
당수 박헌영이
당의 자랑스런 일꾼이라 칭찬했다
박근상

박헌영이 남한을 탈출하자
바로 등돌려
전향

수도경찰청 사찰과 보조원이 되었다
보조원으로 맹활약
남로당 지하당원
잔여당원 색출 검거에 앞장

전쟁 뒤 이름을 갈았다 유정복

이번에는 점령군인
북한 인민군 정치장교 보조원이 되어버렸다
우익인사 색출 검거에 앞장
서울에 남은 사람들
서울에 숨은 인사들
유정복이라는 이름에 떨었다

국군이 서울을 수복하자 북으로 갔다

낯선 평양거리에서
옛 남로당 동지를 만났다

자네 박근상 동무 아닌가
나 특무복무라
옛 이름 쓰지 않네
어려운 일 있으면
나 유정복을 찾아오게나
큰소리치고 홱 돌아섰다

1951년 8월 14일 평양 대폭격
그러나 다음날 8월 15일
미 공군 폭격기들 나타나지 않았다
그날밤
폭격 대신
인민군의 폭죽 터지는 소리
축포 터지는 소리가 있었다

방공호 속 인민군 특무실
따르릉 전화소리가 울렸다
유정복은 지하 방공호에서 전화를 받았다

네 네
네 즉각 명령을 받들겠습니다 대장동무

만성이

누구의 말이 떠올라도 외롭다 안 떠올라도 외롭다
폭격당한
오산 숯고개
아버지
어머니
두 동생이 죽었다

열세살 만성이 외롭다
아버지 어머니의 시신과
두 동생 시신을
묻어준
누구의 말이 떠올랐다

이 천둥벼락 아무리 무서워도
내일모레까지는 치지 않는다

아버지 어머니 몫까지
동생들 몫까지
네가 굳세게 살아라

동서남북을 돌아다보았다
빈 들 벼포기에서 새잎들 나 있다 발딱 일어났다

모함

군 종자소 타왔으나
소여물 썰 작두가 없다
진규 아비 작심
작두를 훔쳐왔다
여물 썰어
소에게 쇠죽 쑤어주고 기뻤다

다음날
작두 주인 김옥철이 와서
작두를 찾아갔다

한 동네에
도둑을 두고 살다니
퉤 퉤
침 뱉고 갔다

동네에서 진규 아비 늘 눈총 받고 손가락질 받았다

인공시대가 왔다
그동안 기죽었던 진규 아비
내 세상이다 하고
떨쳐일어났다

몇해 전

이승만 박사 지지대회에 동원되어
동네사람들과 함께 참석한 일로
작두 주인 김옥철을
대한독립촉성국민회 반동분자로 고발했다
내무분서에
두 손 묶여 잡혀갔다

진규 아비의 종자소 고래실 논둑 풀을 뜯다가
자라나는 벼도 여러 번 뜯어먹었다

지처사

무슨 잠꼬대이뇨

인간의 능(能)보다
짐승의 소(所)가
천번이나 거룩하도다

사자 백 마리의 업장보다
인간 한 사람의 업장이 만번 무겁도다
히히히 히히

전쟁 전 동학사에 와서
유마힐경을 읽던 처사
전쟁 뒤
발딱 뇌 뒤집혀
정신이상

지동호 처사

계룡산 동학사 밑 시냇물에 두 발 담그고
혼자 중얼거린다
옆에 들을 귀 있는 듯이
옆에 들을 혼령 있는 듯이

어허 중생이 앓으므로 나 또한 앓는도다

영덕포구

어제까지 싸움터였다 다 죽은 줄 알았다
오늘 아침
빈 싸움터
창수와
한또래들 나왔다 다 죽지 않았다
포탄 탄피
버려진
개머리판
철모
따발총
묵직한 M1총
탄띠 따위 모아
서로 차지하려고 다투었다

창수 아버지는 거덜난 포구 저쪽으로 간다
매어둔 배가 무사했다
뛸 듯한 기쁨

저녁 무렵 고등어 잡으러 포구를 나섰다
잠든 그물이 곧 깨이나리라
수평선 위
미 해병대 LST가 떠 있다
창수 아버지
두려움 없이 나섰다

이삼봉이 마누라

서방 죽고
세 새끼 먹여살려야 했다

서방 죽고
아예 아낙이
걸쭉걸쭉 남정네가 되어야 했다

영덕에서
안동까지
험한 산길
생물고등어 싣고
소달구지 끌었다 소의 목구멍 푸우푸우 단내 가득

한밤중 산길 당당하게 넘었다
강도가 나타나면
강도 꾸짖고
멧돼지 나타나면
멧돼지 쫓아냈다

이 사람아 하필 새끼 셋 달린
계집을 망치는 졸장부 될래 예끼 이 사람아
이놈들 썩 물러가지 못할까
잉걸불에 네놈들 구워먹기 전에 썩 물러가

말이 힘이었는지
이런 된소리에 강도도 넘기고
멧돼지도 넘어갔다

번히 먼동 트면
벌써 안동 첫걸이장 다다랐다
아직껏 싱싱한 고등어
열두 짝 넘기면
빈 달구지
아침햇살 받는다

온몸 비릿한 고등어냄새
이삼봉 마누라 냄새였다
잠든 세 새끼 있는

봉정사 밑 오막살이로 가는 길 성마르다
마음 바쁘다

어린 안인석

동해 포항 교외 피난살이 천막촌
영일만 갈숲
거기 바닷가 사장에도
천막촌
이제 인간은 인간이 아니었다

여름 소나기가 퍼부었다
파도소리가
빗소리에 묻혔다
천막 안
물이 괴었다

인간은 차츰 짐승으로 돌아가고 있다
들짐승으로 돌아가고 있다
천막과 천막 사이
쌓아놓은 똥들 말라가다가 비 맞는다
미군 비행기가 지나갔다
정찰기인가
그뒤 동해 군함에서 함포가 날아왔다
포탄 연달아 작렬
한 팔에 일곱살 아들
한 팔에 돌 지난 젖먹이 아들 안고
우왕좌왕하는 아낙이 있다
젖먹이는 죽었고

일곱살짜리는 살아 있다
아낙의 팔 하나도 없어졌다
슬픔 아픔
새끼 잃은 슬픔 하나
팔 잘린 아픔 하나

울부짖으며
돌아다보았다
사람들의 다리 하나하나
사람들의 목
사람들의 몸통 따위가 흩어져
흘리던 피 멈추고 있었다

이런 주검조각들 널린 가운데서
한 아낙
팔 없는 삶을 시작하고
한 아이는
파인 갈숲 둔덕에서 숨쉬고 있었다

일곱살 아이 안인석이
여덟살일 때
엄마가 군용트럭에 치여 죽었다

필요없는 것은 감정이었다

민상기

1911년 11월
평안북도 선천 갑부 민상기
안명근을 밀고한바
외인 주교 제보한바
그것으로
조선총독 테라우찌 암살음모 사건이 조작되었으니
세칭 105인사건
평안도
황해도 일대 인사들이 한 그물에 걸려들어 모조리 투옥되었나니
조선 통치의 장애물인
기독교 선교사들도 이것으로 다 본국으로 쫓아버렸나니

시대는 더욱 가파롭게 굴러가는데

민상기의 들녘은 세 배로 넓어졌나니
밀고하고 또 밀고하였나니
밀고하다 세상 떠났나니

을불

봉상왕은 잔인한 폭군
숙모 능욕
괜히 숙부 안국군 달가와
아우 돌고를 죽였다
돌고의 아들 을불도 죽이려 했으나
을불이 튀었다

머슴
소금장수
뱃사공 노릇으로 몸을 숨겼다

뜻있는 국사들이 을불을 찾아나섰다

수렵 행궁의 왕을 폐하고
을불을 내세웠다
그가 고구려 15대 미천왕
고구려 강역이
대륙에 펼쳐진 왕조였다
울음 늘키던 머슴 시절
소금장수 시절
어깻죽지 쑤시던 강나루 뱃사공 시절
그 시절들이 곧 왕의 틀거지 바른 시절을 낳았다

9·28수복 직후의 어느 풍경

아내가 빨갱이한테 학살당한 뒤
숨어 있다 돌아온
강기환이 치안대장이 되었다

마당 생솔가지불이 지글지글 타올랐다
치안대장 강기환이
빨갱이 김백철이 장모와
빨갱이 김백철을
헛간 유치장에서 끌어냈다

치안대원 열서넛
생솔가지불 둘레에 서 있다

강대장이 사위를 몽둥이로 쳤다
저년과 붙어봐
장모의 옷도 다 벗겨셨나
저년과 붙어봐 이 새끼야
몽둥이로 쳤다
놀라운 일
사위 김백철의 성기가 일어났다
장모를 몽둥이로 쳤다 장모와 사위가 붙어버렸다
장모의 꼬인 두 다리가 풀렸다
몽둥이를 쳤다
장모와 사위가 숨가쁘게 진행했다

이윽고
장모와 사위가 절정을 이루었다
멍든 등짝
핏물 튀긴 엉덩이 들썩이며
절정을 이루었다

강대장 담뱃불을 비벼 껐다
이런 짐승은 살려둘 수 없지 암 없구말구

그의 총탄이
눈감은 장모와
눈감은 사위 김백철에게 박혔다

강대장은
다음 빨갱이 어머니와
빨갱이 아들을 불러냈다
또 몽둥이찜질
비명은 차츰 줄어들었다
비명이 그쳤다 너무 쉽게 죽어버렸다
강대장 화기 났디
이 새끼들
왜 이렇게 빨리 뒈져 쌍!

조명희

초가지붕 중복 말복 처져내린 토방 아래
형제들끼리
어쩌다 찍은 사진 속

그 해맑은 심성 돌아쳐
생년월일 미상
몰년월일 미상
조명희

동경 동양대 유학
낭만주의에 홀려
시
연극
그리고 소설에 몸 던져
1920년대 중반에는
다시 한번
프롤레타리아 작가가 되어버린다
단편 「낙동강」

시베리아로 가버린다
식민지 말기
잃은 나라와
잃은 문학을
그 타이가와 툰드라에서 찾으려다가

극동 연해주 고려인들
중앙아시아 이주 직후
쏘비에뜨 반역자 명단에 올라
총살당해버린다

어디에도 그의 눈빛 남지 않았다

살아 있는 날
1920년대 서울 소격동
방 두 칸
쌀이 떨어지면
아내가
종이와 펜을 방에 놓아둔다
글을 써야
쌀 두 되 들어올 수 있다

친구 오상순과 절교한다
일본여자 타까꼬와의 동거를 경멸

어머님 들으셨습니까
저 향혼 속의 속삭임을
숲속에 어둠이 깃들고
시냇물소리도 한층 더 잔잔해졌습니다
나무들은 지금 기도드릴 때입니다

이런 「봄 잔디밭 위에」의 시를 읊었다

타인에게도 자신에게도
물밑 바위처럼 엄격
하바로프스끄
또는
알마아따
그런 곳에 그의 자취가 지운 낙서로 남아 있다
딸 조선아는 어찌되었나

김인종

1950년 9월 퇴각중 생포
인민군 쫄따구
포로수용소로 가지 않고
형무소로 갔다

간 것이 아니다
간 것이 아니다

항의는 무능

형무소 빨갱이가 되었다
항의 무효 흘러 흘러
긴 세월

산중에 달력 없다고? 웃겼어 감옥이야말로 달력 없다

14년간 받은 복역노동 임금 970원
갱생보호회 지급
염색 작업복이 헐렁했다

가석방
가지고 나온 것
폐결핵 만성위염 심장신경증 협소공포증
잉잉거리는 이명증

세상은 너울진 바다 같았다 그냥 빠져죽고 싶다
아니 드러눕고 싶다 눈 지긋 감았다

남포동 거지

이름 알 바 없다

부산 남포동 질척질척한 거리
겨울비 뒤
지나가는 자전거 바퀴
진창길 흙탕 튀는 거리

천년같이 태연자약으로 누워
주워온
꽁초 모아
커다란 담배 말아올려
뻐끔뻐끔
담배연기 뿜어대는
거지

오늘도 남포동거리에 나와
그 자리를 용상으로 삼고
그 자리를 침전으로 삼아
누웠다가
있었다가
정치파동의 백색테러는 테러가 아니라는
임시수도의 시절
만년같이 태연자약으로 누워
굵은 담배도막 말아서 피워물고

구역질나는
구역질나는
지나가는 구두들 고무신들 보며 웃어준다

옥선이

한국전쟁의 죽음은 전선에만 있지 않았다
약 1백만명의 민간인
적색분자로
용공분자로
또는 회색분자로 학살되었다
이것이 애국의 절반

또 북에서는 얼마나 학살되었던가
반동분자로
백색분자로
또는 민족주의자로 쏘고 찌르고 잘라 파묻었다
이것이 애국애족의 절반

어머니 아버지 학살당한 뒤
도망친 곳이
하필 술집
술집 작부가 되어
지난날을 숨기고
니나노판 서둘러 익어갔다

그러나 끝내 숨긴 아픔 도지고 도져
미쳐버렸다
술집에서 쫓겨나
술집 부근 어슬렁거렸다

비 오기 전
낮은 구름장 밑
날궂이하는 미친 여자 옥선이
히히
웃으며
선 채 오줌을 줄줄 쌌다

미친 오줌 많이 싸기도 한다 이어서 하늘 응하여 비가 온다

정숙이

굶주림과 상관없는 곳
판잣집과 상관없는 곳
그곳

임시수도 부산 서대신동 안쪽
모든 소리들 뚝 끊어진 곳
거기
'대궐집'
'궁집'
'미쯔비씨 집'
'복마전'
'금고 네 개 있는 집'
하인 20명 있는 집
식모 둘
침모 둘
집사 하나 있는 집

대마도에 비밀 별장

그래서인가 '쓰시마'라는 집
커다란 저택
정원 2천2백평
동백나무숲
벚나무숲

동백꽃 다음
벚꽃

신라상선
신라무역
신라석탄
신라물산
신라목재 사장 양욱진의 저택
사장의 외동딸 정숙이
가정교사 3명
경호원 2명

경남여고 졸업반 정숙이
모든 것이 수입품이다
탁자 위 과일그릇
일본 가고시마 귤
듣도 보도 못한 자유중국 상황버섯
미국 티파니 속옷
영국 코트
집에 오면 찬란한 실크 이집트 코튼

밤에는 아빠의 홀에는
자주
국무총리 장택상의 콧수염이 나타난다

영국 위스키를 마시기 전
인사를 받는다

정숙이로구나 이제 숙녀로구나

정숙
제 방에 돌아와
아무도 몰래 아편주사를 맞는다
아리따운 소녀가 난숙한 여인이 된다 몰래 경호원 오태문이 불러들
인다

춘삼월

슬픔 뒤의 기쁨 있어라
그 포성
그 총성
그 폭탄 터지는 소리
그 아비규환 중에도
겨울눈 내린다
봄이 온다
망한 땅에 제비들 온다

아버지 잃은 여수옥 스무살

일년상 지낸 뒤
처음으로 환한 웃음 웃는다
빨래 걷은 빨랫줄 제비 한쌍 지지배배 지지배배

서면 주막

번지 없는 주막이 있다
이름 없는 주막이 있다
초량동 나무다리
고개 숙여 들어가는
주막

이미 죽은 자 5백만 따위 잊어버리자
아니 산 자 30만 이상 상이군인
30만 이상 전쟁미망인
10만 이상 전쟁고아 따위 잊어버리자

주막
술꾼 일곱 명
세 패거리였다

한 패거리에서 키르케고르가 나왔다
한 패거리에서
등대다방 긴자꾸 미스 박 미스 허가 나왔다
또 한 패거리에서
자유당과 정일권과 신리회가 나왔다
술에는 담배연기가 있어야 했다
주모는 꾸벅꾸벅 존다
저러다
술 취한 자들 술값 안 내고 그냥 가면 어쩌지

을지로 1가 파출소

수복 직후
통금시간 오후 여섯시
그러다가
오후 아홉시
그러다가
밤 열한시

그러다가
자정

자정 삼십분 전 예비 싸이렌이 울렸다

1955년 3월 16일 밤
서울 을지로 1가 파출소
통금위반자 11명이 갇혔다

다음날 아침
서장 결재
중부서로 호송
마포 즉심재판소에 가서
즉심판결

구류 10일
구류 15일

벌써 다섯번째 통금위반 전과자 윤성욱

잊어버릴만 하면
통금위반
또 잊어버릴만 하면
통금위반

새벽 유치장에서
나는야 통금위반 네 번이다 다섯 번이다
떠벌리는 윤성욱

세상 도처에서 인간은 스스로 위대하다

성균관 과거장

배설방(排設房) 군사들
어군막(御軍幕) 방직(房直)이
삼층 보계판(補階板)을 넓게 펴고
십칠량(十七樑) 어차일(御遮日)을 반공에 높이 치고
시관이
시제를 뚜르르 펴 거니
전국 방방곡곡에서 온 젊은 선비들 과시(科詩)를 지어 내리닫이로 어
물쩍으로 써내려가노니

성균관 담장 밑으로 대나무통이 이어졌노니

담 밖과
담 안
반수당(泮水堂)과 이어졌노니

과거시험장인 반수당에서
과거장 시제를
노끈에 매달아 신호하면
담 밖에서 줄을 잡아당겨
노끈에 매단 시제를 보고
답안을 써 대나무통 속의 노끈으로 묶어 보내노니

이렇게 과거에 장원급제한 채일석
어사화를 머리에 쓰고

삼현육각 잡혀
쇠등을 타고 고향길 가노니
꽃인 듯 나비 오고
달빛인 듯 기러기 울음소리 떨어지노니

채일석의 장원시
대나무통
대나무통 노끈 속에 매달려 들어왔노니
그 글을 베껴내어
장원급제요 그 소리 낭랑
장차 우의정 채일석이
이렇게 으리으리한 환로 부정장원으로
첫 등청 문지방 들어섰노니

환생

고구려 사람들은
압록강이 거꾸로 흐른다는 소문에 흉흉했다
왕의 귀에
그 소문이 닿았다

왕은 이름 높은 점쟁이 추남이를 불렀다

추남의 점괘
왕후의 기세가 너무 세어
왕을 누르므로
강물이 거꾸로 흐른다 했다

왕은 상자 하나를 가져오라 했다
여기에 무엇이 들어 있는가
알아맞히라 했다

쥐가 여덟 마리 들어 있다 했다

왕은 쥐는 쥐인데 한 마리밖에 들어 있지 않다
네 점괘는 요사스러우니
목을 내놓아야 한다

추남을 형장으로 보낸 뒤 쥐의 배를 갈라보니
새끼 쥐 일곱 마리가 들어 있었다

아차
왕은 추남이를 죽이지 말라 했으나
이미 목 자른 뒤였다

내가 죽어 기필코 신라의 장수가 되리라
이것이 추남의 유언

고구려 왕은 첩자를 시켜
김유신을 납치해올 것을 명령했다
추남의 후신이
곧 김유신

죽음은 끝이 아니로군

최훈장

누구 하나도 쓸데없이 살아남지 않았던가

전라북도 남원 밖
최강도 훈장 살아 있었다
찌그러진 망건 바람
애꾸눈에
무명실 주름살 천개
얽히고설킨 얼굴

학동들도 키들키들 비웃는 얼굴
비웃어도 화낼 줄 모르는 얼굴
지리산전투
그 모진 토벌전 판에서도
파리 한 마리 들어오지 않는 뒷방에 쪼그려앉은 채
최훈장 살아 있었다

『논어』 만독(萬讀)
『맹자』 만독
그것으로 소문 뜨르르 난 서당훈장

전쟁 뒤이므로
다시 『논어』 읽는 소리 구슬펐다

군군신신(君君臣臣)

군은 군이고 신은 신이다
군은 군답고 신은 신답다
군이 군다우면 신도 신답다
군이 군다워야 신이 신답다 운운

그 피리소리

통금시간 한 시간쯤 지나갔다
온갖 생존투쟁
온갖 음모 잠들었다
이제
관내 순찰도 없다

빈 관철동 여관 골목

안마장이 장님 지나간다
안마장이 피리소리 지나간다

어느 여관에서도
안마장이 부르지 않는다

진실로
진실로 거룩한 때는 이때이다
기도하는 자도
무엇인가
주장하는 자도 없는
비애 같은
허무 같은 이때이다

그 순 공짜 피리소리 지나간 뒤 고요의 꼬리 길고 길다

유진태

충무로 명동
남산동 일대
불량주택 철거되었다
수복 후 들어찬
판자촌들 철거되었다

지정된 임시지역 다섯 평의 땅에
다시 판잣집을 짓고
천막집을 지었다

서울 변두리 산들이 하나하나
판자촌이 되어갔다

방에 누우면
고향의 별들이 있었다 달이 있었다
그래서
별나라촌
달나라촌으로 부르다가
달동네가 되었다

아침에는 멀건 죽
점심은 건너뛰어
저녁에는 국수 한 봉지로
일곱 식구 한 가닥씩 넘기고 나서

아예 등불 없이
어둠속 카랑카랑한 잠을 청한다

벌써 추운 밤이라 산사람들 몸 붙여
누가
할머니고
누가 손자고
누가 삼촌이고
누가 동생이고 형인지 몰랐다

허기진 유진태의 꿈속
돼지들이 꿀꿀거렸다
한밤중 깨어나
저 아래 스물한 집 공동변소로 내려가며 중얼거렸다
내일은 공치지 않고 좋은 일이 있을라나
아닌밤중 돼지꿈

정수환

나라 정(鄭)자 정씨를 만나면
나라 정자 정씨라 한다
종씨입니다
곰배 정(丁)자 정씨를 만나면
곰배 정자 정씨
육군 참모총장 정일권 정씨라 한다 종씨입니다

왜 자네는
두 정씨가 다 자네 정씨냐고 비웃어도
가만히 있다

조상이 둘씩이나 되느냐
애비가 둘씩이나 되느냐고 욕해도
가만히 있다
대머리가 지는 해 햇빛에 빛난다
달밤에도 빛난다

늘 가만히 있다
서로 잘났다고 떠들어대도
그는 나라 정씨로
곰배 정씨로 가만히 있다

늘 눈감고 있다
지그시

지그시
내일모레를 내다보고 있다

아니다
그에게는 철천지원수가 있다
아버지 어머니를 생매장한
우익 김칠복이가 있다
눈감고
원수 갚을 생각을 하고 있다

먼저
놈의 막내아들을 죽이자
그다음은
시집간 딸을 죽이고
장남 김도섭이를 죽이자
그다음
장본인 김칠복이와 김칠복이 마누라를 각 뜨자
그의 속주머니에는 두 자루 칼이 눈뜨고 있다

어느날 정수환은 서라벌다방에 앉았다 일어섰다
오늘이
첫날이다
아침 일어나 화투패를 떼어봤다
만사형통

향도계 지길중

고대 이래
동녘 사람들의 계(契)가 협동이었다

부모 초상나면
장사 지낼 일 아득하다
그래서 가난한 사람에게 계가 있다

달마다
금전을 염출했다가
초상난 집
장사비를 마련해준다
이 계가 향도계(香徒契)

이 계 안에 극비로 망명객이 숨어든다
그들이
향도계를 칼계(劍契)로 만들어
진법(陣法) 익혀
어느 때는 봉물을 빼앗기도 하고
어느 때는 목숨을 없애기도 한다
칼계에 이어
죽이고 빼앗는 계 살략계(殺掠契)
싸우는 계
투동계(鬪動契)로 되기도 한다

조선 숙종조 향도계 도가(都家) 지길중은
본디 농사꾼이다가
살년(殺年)에 산으로 들어가
칼계 회주가 되었다

지길중이 숲속에서 출동하면
영락없이
북촌 당상관의 한 집이 털린다
안방 마나님 머리다발을 잘라간다

대문에 반드시 '亡'자를 갈겨써놓고 간다

그가 잡힐 때 허리춤에 찬 칼 뽑아
자진하며 외치기를
내가 너희네 임금의 목을 치지 못하고
가는 것이 원통하다
너희 임금이 일찍이
나의 임금인 적이 없었노라
원통하다
원통하다

아직 칼 넣은 칼집 쥔 손이 사시나무처럼 펄펄 살아 있었다

허윤석

저 고향 사람들
관서 사람들
황순원
원응서
김이석 등
부푼 문학 한 동아리
그 그늘에 서 있는 허술한 얼굴차림
허윤석

소주 낙동강 또는 금련 한 병이면
거기에
빈대떡 한 개 한 점씩 뜯어 안주 삼으면
빙 돌아
하루가 완성되었다

흔한 주정도 없이 노래도 없이
취할수록 적막해지는
정 하나
누구에게 주지도 못하고
흔지 힌 모자인 듯 간수하고 있는 정 하나
이따금 웃음 그늘져 있다

누가 따귀 갈겨도 화낼 줄 모르는 웃음이었다
부산 자갈치시장 갈매기들 세상 모르고 잠들었다

이계선

남도땅 들녘
남의 논이건
내 논이건
우여
우여
새 쫓는 소리 다음으로

우여
우여
마을 망나니 이계선을 쫓는 소리였나니

정초 세배 가면
네놈이
우리 집안 망신시키는 놈이라고
백부한테
당숙한테
재당숙한테
중부한테
종조부한테
긴 담뱃대로 얻어맞아
쓰고 간 갓
찌그러졌나니

그 건달

그 왈짜 쫓겨난 지 3년 지나

어디서
무슨 짓 했는지
뭉치
뭉칫돈을 벌어
고향마을 땅
한 마지기
한 마지기 사들여
1천5백석 갑부가 되었나니

그때에 이르러 문중 어른들 입 모아
우리 집안
큰인물이 났다 하여 떠받들었나니

이계선이 먼저 하는 일이
온 산등성이 닦아내어
15대조 이래
조상 산소 옮겨다
비석 세우고
문인석 세우고
상석 세우는 일이었나니

인공 3개월간

그 봉건 반동의 비석들 다 망치맛 보았나니
이계선은
한민당 후원한 죄로 내무서에 갇혔나니
1천5백석지기 논이란 논
다 몰수당했나니

문중 어른들 입이 있으면 사뢰어보시기를

이형도 중령

후방 원주 보급기지
이형도 중령
늘 면도자국 빛나는 사나이
동료들이 붙인 별명
영화배우 이민이었다

어제저녁 사령관 싸모님께 돈가방을 드렸다

어머 이중령
아니 이민 씨 또 이렇게…… 댕큐

오늘 아침 사령관의 부름을 받았다
신문지로 싼
조니워커 한 병 하사받았다

이중령
귀관에게는 내가 항상 있다

이중령
아니 이민은 눈물을 글썽였나
어제 수송부 휘발유 30드럼 처분한
현찰 잔액으로
호주머니가 더부룩했다
가자

지금 전쟁 막바지
마구 죽이는데
마구 죽어가는데
후방 각처에는 환락이 무성하다
가자

원주 성당 골목 일심옥
주인 아낙
긴 스란치맛자락 너스레치며
어머
어머 이중령님 오시네
우리 이중령님
우리 이중령님

일심옥 제일 미녀 미스 홍이 나타났다
어머 이민 씨

이형도 중령 어깨 으쓱
미군용 선풍기가 마구 돌아갔다
백로지 덮인 술상이 왔다
주인 아낙 갔다
단둘

광복이

30년 뒤
춘천형무소 절도 5범 기결수 이광복
30년 전
어느 점쟁이도 알아맞히지 못했다
용하다는 점쟁이 있다면 다음과 같으리라
팔자에 명암이 들어 있어
밝은 데 있다가
어둔 데 있고 어둔 데 있다가
밝은 데 있겠다

1949년 8월 15일 광복절에 태어나서
광복이라는 이름 얻었다

미장이 이형술 늦둥이
전란 속에서도 풀처럼 자라나서
땟국 얼굴
웃음이 하늘 아래서 맑았으나
늘 술 먹은 아버지한테 얻어맞고
늘 배고팠다

하늘을 찢을 듯이 지나가는 제트기 보면 신났다
홍수져 다리 끊어지면 신났다
어디서 무슨 일이 나면 신났다
그러다가 슬슬 도둑질에 능했다

쇼리 팍

군산항
미 육군 제21항만사령부 정문 입구
그 높은 철조망 아래
세탁소 바라크 들 있고
구두 닦는 움막 하나 있다

헬로우 그리고 댕큐밖에 다른 말 쓸데 없다
한국말 쓸 곳 없다

열두살짜리 쇼리 팍
하루 미군 군화 2백 켤레 닦는다

받은 잔돈
목에 건 주머니에 차곡차곡 넣는다
두 손등
구두약에 광난다

그까짓 점심 건너�뛴다
저녁은 부대식당 쓰레기 꿀꿀이죽이다

이 세상 무서울 것 하나도 없다 아무 걱정도 없다
오후 여섯시 구두닦이 움막 나설 때에야
녀석이 절름발이인 것을 안다

탄생

1951년 1월 3일 밤
서울 도처에서
불길이 솟았다
군수물자 태우는 불길
비축식량 태우는 불길
서류 태우는 불길이었다

1월 4일 아침
저공비행기가
스피커로 인사했다
아직 피난 가지 못한 시민들
경거망동하지 마십시오
조심하십시오
그 소리 들을 사람도 없다
텅텅 비었다

불과 서울 잔여시민 6만이었다
까마귀떼가
유난히 날아다녔다

그날 새벽
잔여시민 6만명 중의 하나로
방금
아기가 태어났다

날이 밝자
털모자 쓴 중공군떼거리
거리를 행진했다

응애
응애
아빠는 없고
젖가난 엄마
우는 아기 보듬고 있었다
누구도 기뻐하지 않는 탄생이지만
누구도 태어나지 말아야 할
탄생이라고 말하지 않았다

엄마도 강해지리라
아기도 섬점 강해지리라

한순례 여사

천석꾼 고종규의 세번째 부인
군산 춘향관 기생
노래도 노래지만
가는 허리 휘몰이춤에
어느 한량 녹지 않으랴

상구두쇠 고종규가 홱 돌아 일금 만원을 주고 맞아들이니
조강지처 늘 허리 꺾어 밭에 가 있고
둘째 소실 늘 투정부리며
화장대 앞에 있는데
새살림 차린 춘향관 순례
아침부터 고복수 노래 부르며
마당 꽃밭 맨드라미 바라본다 바라보다 만다

한번 만났던
사각모 쓴 그 사람 생각난다
손 한번 잡지 못한 그 사람

신상봉

1950년 9월 8일 아침

삼청동 김규식의 집에 측근들이 모였다
술수 없는 자들
아직껏
순결하고 진부한 애국자들
원세훈
최동오
김붕준 등

어제 서울시위원장 이승엽 명의로
집합통지가 왔다
평화옹호대회 개최한다는 것

유엔군은 낙동강전투에서
인민군을 밀어내고
서울의 여름은 동요하고 있었다

김규식은 시청으로 갈 것이 아니라
각자 피신하자고 권했다
납치를 예감했다

다 돌아간 뒤
아침밥상을 받았을 때

서울시 내무서원들이 들이닥쳤다
평화옹호대회 연설을 하라는 것
김규식 부인이
남편 건강이 걱정되므로
22세 차남 진세를 따라가게 했으나
비서 신상봉이 나섰다
처자 있는 사람이 왜 가려느냐 했으나
신비서는 자동차 앞자리에 앉았다

그뒤로
김규식 일행은 북으로 가서 돌아오지 않았다

폐허 개성
폐허 사리원
황주에서 납치인사 일부
폭격으로 희생당했다

폐허 평양
폐허 안주
그리고
압록강 기슭

그곳에서 김규식이 병 깊어 죽고
비서 신상봉이 시신을 수습

그뒤 신상봉 죽어갔다
김규식이라면 설사 지옥이라도 따라간다는 신념
그 신념이 완성되었다
먼 압록강 강 건너
중국에도
강 건너
조선에도 먹을 것이 없었다 죽어갔다

해인사 인민위원

1950년 8월
첩첩산중 가야산 해인사에도 인민군이 나타났다

해방 후 송광사 조실에서
해인사 조실로 옮겨온 효봉선사
그를 해인사 인민위원장을 시켰다
그는 자격 없다고 고사
병이 있다고 고사

9월 인천상륙 이후
해인사에서도 인민군 떠나야 했다
해인사 장경각을 불지르자 했다
효봉선사가 결사반대
우리나라의 세계적인 유산이라 필사 반대
그들 해인사 인민위원 다섯 명이 찬반을 부쳤다
한 표가 많았다
그래서 장경각은 타지 않았다

그러기 전 미군은 가야산 인민군을 제거하기 위해
해인사를 폭격하려는 명령
한국 공군의 한 비행장교 김영환이 그 명령을 거부했다
그래서 해인사에 팔만대장경이 남았다

아슬아슬히 고려시대가 한반도의 영광이 아직 남아 있다

두 청년

1950년 6월 28일 아침
총성이 멈췄다
숨었던 사람 하나둘
밖을 내다보았다

이제까지 듣지 못한 소리가 났다
탱크 캐터필러 굴러가는 소리
이제껏 보지 못한 쇳덩이가 나타났다
소련제 탱크
탱크 위에 벌거벗겨진 두 청년이
묶여 매달려 있었다

몇사람은 종이로 인공기를 만들어가지고
나가
조선민주주의인민공화국 만세
김일성 장군 만세
만세를 불러댔다

묶인 청년
삼선교 시가전에서 생포된 국군
하사관 고철준
또 하나는 대동청년단원 유보상
의식불명이었다

294

대한민국 만세!를 부를 생각도 없었다
어머니!를 부를 생각도 없었다
오로지 한 짐승의 끝

마지막 선하고 약한 눈망울에 세상이 비쳤다

이정송

국군헌병 소령 장우주의 아내 이정송
신혼살림
임신 5개월이었다

남편이 6월 25일 오후 집에 들렀다
잠깐 수원으로 후퇴했다가 올 테니
집 잘 보고 있어라 하고 떠났다

그리고 인민군이 왔다

효자동 인민위원회에 잡혀갔다
남편 사진
결혼 전 오고 간 연애편지 뭉치
여름옷 두 벌
그 작은 보퉁이 하나 들고 뱃속의 아기와 함께 갔다

총살현장으로 가는 도중
미군 공습이 있었다
총살현장 도망쳤다

장님 점쟁이 집에 숨어들었다
점쟁이 박성필이 점을 보았다

쫓기고 쫓기는 운세로다

동남쪽으로 가면
난관 넘어
살길이 있도다

한강 건너
개울물 마시고
솔잎 따먹으면서
오산 평택
조치원
괴산
문경
상주
대전
영동
선산
왜관
다부원
국군 1사단 12연대 수색대 만났다

9월 28일 서울 수복되던 날
기어이 부산에서 남편을 만났다
죽을 고비 두 번 넘겼다

채호석

서산군 서산경찰서 운산지서
사동
심부름하던 아이 13세
채호석이 누구인가

대전형무소에 갇힌 우익 1천7백24명 학살자 중에서
유일하게 살아서
우물 속 시체 속에서 카바이드 기왓장으로 누른 시체 속에서
가냘픈 소리가 들렸다
사람 살려줘요 살려줘

이 부모 없는 지서 심부름꾼 채호석 살아나서
학살당한 검사의 미망인이
입양하여 길렀다

금이빨을 넣어주었다
아껴둔 치마로 바지저고리를 해주었다

이 채호석이 자라나
사법고시 합격으로 검사가 되었다
양어머니가
기뻐 울었다
친어머니 무덤 속에서
기뻐 울었다

298

이일웅

인공의 여름 7월
의용군 초모사업
한 도에서 2만 내지 3만여 명
의용군이라는 징용 징병
여자도 3천명

첫째 보도연맹 출신이 최우선으로 징발되었다
변절한 죄 피로 씻으라고
둘째 무상분배 토지를 분배받은
소작농 빈농이나 머슴들이나
그 자녀들이 인민에게 보은하라고 징발되었다
셋째 지방유지 부농 자작농 반동분자 자제들이
가족을 살리기 위해 지원하는 담보형식으로 징발되었다

씨족사회
오랜 농경의 혈연사회에서
저 하나로 가족을 보장받는 것

그 지원형식도 팽개치고
뒤에 가면 1개면 50명 70명 할당
강제모병 강행

전북 익산군 왕궁면 소부자네 머슴 이일웅
민청 고문이라는 이름으로 날리다가

제2차 의용군에 끌려갔다
낫 놓고 기역자 몰라
군당에 가서
한글을 배웠으나
가갸거겨를
외울 수 없었다
그래서 의용군 행렬
경비대원 되어
도망병 감시
병자 처리를 맡았다
한 동네 살던
민대복이 도망친 것을 잡아다가
총대로 두들겨서 죽였다

7월에는 몇천명씩 북으로 보내어 훈련시켰다
8월부터는
전세 불리로 병력이 격감되자
군복을 입혀
3일간 격발기 조작만 가르쳐
대구 교외 팔공산전투에 투입
총알받이로
풀썩풀썩 총 맞아 쓰러졌다

이일웅

총알받이 뒤에 있던 이일웅
그도 총 맞아 쓰러졌다

백년 뒤에는
가장 유치한 병정놀이겠지만
지금은 가장 처절한 전투였다
벌써 이일웅의 핏자국 마른 주검에
파리 겁없이 내려앉았다

임후남 여사

전쟁에서 아내란 무엇이냐
전선에서 죽은 남편을
가슴에 묻고
빙판길 우물물 길어가는 여자 아니냐

학살에서 아내란 무엇이냐
반동으로 몰려 죽은 남편의 시체 찾으러
일제 때 방공호
웅덩이
그리고 학교 우물가에 넋놓고 찾아가는 여자 아니냐

아 해방된 조국이라 해서
빨랫줄 빨래 가득 널고
빨랫줄 장대를 밀어올렸는데
전쟁은
누구에게나 적이 되고 원수가 되었다
어머니란 할머니란 무엇이냐
이런 땅에서

양치목 마누라
양한석 어머니
양돈화 할머니인
임후남 여사에게
6·25는

남편 납북에
아들 학살에
손자 병사에
며느리 먼저
저세상 보내고
혼자 모든 슬픔을
맡아서 성황당처럼 살아 있다

실성했다가
제정신 돌아와
지아비
아들의 제삿날만 꼭
석유등잔불 밤새 밝혀
아이고아이고 곡을 한다
대 이을 손자 돈화가
이질로 죽은 날까지 기억
그날밤도 석유등불 밤새 밝혀
처마 끝에 매단다

어둠속에 모든 것이 있다

장명구

어이없더니라
작은 섬 물안개 속에서는 보이지도 않는
작은 섬에도
좌익이 있고
우익이 있었더니라
저 서부 다도해 끝
임자도는 물론이거니와
스물한 가호의 작은 섬마을에도
인민위원장 있고
잡혀갈 반동이 있다

폭풍 속에서 살아남은 고기잡이 동료들인데
한 사람은
투전을 몰라 좀 잘살았고
한 사람은
투전으로 살림 망쳤는데

망친 사람이 위원장이 되었다

국민학교도 없는 섬의 배 수선소 구석방이
감옥이었다
그 감옥에 장명구가 갇혔다 불려나가
한밤중
내무분서에서 건너온 자에게 조사를 받았다

억지로 꾸민 조서에 지장 찍었다

9월 10일
위원장 황창길이 말했다
상부에서
자네 때려죽이라 했지만
그럴 수는 없어서
이렇게 보내겠네 하고
벼랑 위로 데려가
밀어버렸다

저 아래 파도 속
한 생명이 만귀잠잠 잠겼다

술꾼 윤구연 장수

조선 영조 때 금주령이 엄혹하였다
변방 장수 윤구연이
금주령을 어기고
술 빚어
매양 취하였다

파직을 청하는 고변이 들어왔다

왕은 파직은커녕
일률(一律)을 행하라 명하였다

남병사(南兵使) 윤구연이 호송되어
한양에 오자
숭례문 거리
늙은 왕이 친히 나가
목을 쳐 죽였다

그러나 윤구연의 술항아리 술은
금주령 이전의 술이었다
영조는 제주(祭酒)도 감주를 쓰게 했다
영조 승하
손자 정조는 잔뜩 별러 술을 해방시켰다

만

인

보

20

萬

人

譜

후백제 을구

탱자울타리
탱자꽃
탱자가시에 찔리지 않네

후백제 변산 앞바다 커다란 저녁노을
탱자가시에 찔리지 않네

변산 수군부장 을구(乙丘)
탱자울타리 집 비워
처자를
산으로 올려보낸 뒤
왕건 선단에 맞선다

바다 위 적의 군선 열네 척
아군 병선 세 척

을구의 마지막 사기 치솟았다
배 세 척에 불질러
전선에 돌진한다
이 배
저 배 불타올랐다
왕건 잔여 선단 재우쳐 떠나버린다

임화

아직껏 한국문학사에는 버려둔 무덤이 있다
마른 쑥대머리 무덤
그 무덤 벙어리 풀려 열리는 날
그 무덤 속 해골
뚜벅 걸어나오는 날
임화는 오리라

아름다운 얼굴 앞나서리라 부신 햇살 뿜어 오리라

고아
식민지 중학 5학년 중퇴
스무살에 카프 중앙위원
스물네살에 카프 서기장

아름다운 얼굴

시인 일류
비평가 일류
영화「유랑」「혼가」주연 일류
혁명가는 차라리 삼류이거라
그러나 문학사 미술평론도 당대 일류

1953년 평양 사형집행으로 그의 생애는
끝나지 않았다 중단되었다

그는 꼭 오리라
생파같이 오리라

K-8 미 공군기지 밖

바다는 간만의 차 너무 컸다
밀물은 늘 해일 같다
썰물 개펄은
까마득
게들
농게들 움찔움찔 굽은 다리 폈다 접었다
제트전투기 편대
날아올랐다

둔중한 네발 중폭격기가 기우뚱 떠올랐다

그 비행음들 개펄을 휘젓는다
개펄의 게들 구멍으로 다 들어가고 없다
아니다
그 비행음에도 끄떡없이
거품 하나 내본다

전북 옥구군 선연리
K-8 군산 미 공군기지 철조망 높다
만경강 하구 쪽
납작 초가들
판잣집들
그곳에 미군 상대 양공주들 알알이 박혀 있다

정전회담 진행중
압록강 수풍댐 폭격하러 간다
평양시내 융단폭격하러 간다
원산부두 요절내러 간다
해주는 진작 잿더미만 남겼다
재령도
황주도 폐허
스딸린고지
김일성고지
모택동고지 벌집 만들었다
폭격기 갔다 온다
쎄이버 제트전투기 갔다 온다
철의 삼각지 백마고지 지원사격하고 돌아온다
제트기 세 대는 돌아오지 않았다

양공주 옥순이
백인 조지 워싱턴 하사와 함께 있고
양공주 화자
흑인 해리 조 하사와 함께 있다

깟뗌 낄낄낄
원더풀 낄

자꾸 지아이새끼들 인색해진다

레이션 박스도 줄어든다
숏타임 값도 줄어든다
10달러 군표 내고 입가심한다
언제 배워두었는지
한국의 '외상(外上)'을 썼다
'투데이 요이상'이라고
옷 입고 문 박차고 간다

저 아래쪽
마리아가 있는 집
본명 김진숙
나이 24세

옥산면 인민위원회 부위원장이던 아버지
맞아죽고
어머니 죽고
오빠는 감옥에 있다
그 김진숙이
이씨
이마리아가 되었다

흑인 루이스 상사의 온리였다가
백인 윌슨 상사의 온리
윌슨과 함께 찍은 사진도

벽에 걸어놓았다

몸으로 배운 영어 유창

켄터키 위스키에 취해
저년들은 편지 보낼 곳이 있는데
나는 편지 받을 곳 없다고
마리아가 울었다

공산당도 우익도 다 싫었다 미국 가고 싶었다
윌슨의 고향 오리건으로 가고 싶었다
가서
영영 옥산면도 대한민국도 잊고 싶었다

미제 진달호 영감

미제 방죽 물가 기와집 살던 진달호 할아버지
집 빼앗긴 뒤
밭구석 원두막 밑
흙담 쌓아 살던 할아버지

며칠 전
아흔셋으로 세상 마쳤다

모든 시절을 다 지냈다
모든 행복
그것들보다 훨씬 시뻘건 시꺼먼
모든 불행을 다 지냈다

큰아들네 몰살
둘째아들네 몰살
막내아들네 행방불명

손자 열한 놈 남지 않고
어쩌자고
손녀 하나 살아남아
방첩대 분대장의 여자가 되었다

그 손녀가 뒤늦게 와서
뻣뻣하게 굳은 할아버지 묻고 갔다

소가 풀 뜯다 돌아다보았다
그 파마머리 손녀 얼굴에
죽은 할아버지 눈이 에멜무지로 박혀 있었다
핏줄의 해 저문 슬픔

안동환

김해 들판
자작농 3천평 안우종의 3대독자
안동환 군
나이 스물아홉
어머니 성화
아버지 성화에도
죽어라고 선을 보지 않았다

옥색 대님 풀었다
흰모시 바지저고리 잠자리 날개 떨쳐입고
논두렁 한바퀴 돌고 와
방 안에 있다
내남적없이 벼 익어간다

청정한 이마 고요하다

지금 낙동강 왜관에서 격전
진주에서 격전인데

산에 산에 피는 꽃은
저만치 혼자서 피어 있네…
오직 소월시집을 읽으며 혼자 눈물 소롱소롱 글썽인다

광주 부자 현준호

감방 그곳이 천당일 까닭 없다
광주형무소 감방
한 방에 13명 15명 들어차
꼼짝달싹할 수 없었다
밤은 칼잠
포개어져 선잠 눈붙였다

굳은 밀밥 한 덩이
나무토막으로 짓이겨 먹었다
목말랐다
삼복나절 땀을 훑어먹었다
오줌까지 받아먹었다

9월 20일부터 이런 고된 삶도 하나둘 끝났다

만석꾼 대지주 현준호
오줌 받아먹다가 불려나갔다
석방자 호명
자 가거라

기뻐하며 가다가
등 뒤에서 쏘는 총에 쓰러져갔다
이렇게 3백20명이 쓰러져갔다

가거라
해서
마구 기뻐 문 쪽으로 달려가면
으레 등 뒤에서 쏘아댔다

젓갈만 아흔아홉 가지였던 부잣집
날마다
밥상 반찬
서른 가지 넘던 부잣집

대궐 그다음 기와집
밖에서 들어가는 문만 일곱
대문
사랑문
중문
작은 중문
안대문
안중문
그리고 별채 중문

남도 화순 남평 나주 송정리 일대가
다 소작 내준 들녘이었다

이런 부자 현준호가

320

이 세상의 막된 시절을 알고 갔다
수복 이후 자녀들도 혹은 죽고 혹은 흩어져
따님 하나 톱밥난로 다방 안에 껌정 우단저고리 마담으로 서 있었다

양자로 들인 아우 청준은
서울대 독문과 들어갔다

탱자

아버님 삼년상 뒤 오랜만의 노래였다
노랫말이야 조금씩 달라져도 좋았다

오늘도 걷는다마는
정처 없는 이 발길

익은 탱자울타리
확실한 녹색 가시가시 넘어
머릿수건 쓴 영자의 목울대
느리고 높은
노랫소리
빈 공중이 떤다

누구의 발걸음 가만히 멎지 않으랴
행여
그네 얼굴 보름달 더덩실 떠오르면
탱자울타리 넘어
누구의 어둔 가슴 일렁이지 않으랴

제대하고 돌아온 우영남이
부상당한 무릎 서투르게 꿇고 빌고 빌었다

영자씨!

나그네

나그네 푸대접 마라
나그네 푸대접은 천벌 내려올 죄니라

조선팔도
텃새 50종 미만
그밖에는
여름
가을
겨울 다 나그네새들

물까치
밤새
멧비둘기
어치
종다리
괭이갈매기 쇠오리
참새 까치들

언제 철새 나그네 푸대접하더냐
그리하여 1·4후퇴 이후
남한 1백여 고을에는 피난민이 퍼져갔다
부산은 아예
피난민의 도시였다

물 건너 제주도에도
이북 5도민의 자손이 흩어졌다

제주도 동문통
안주향우회
제주도 서문통
해주향우회

해주향우회 회장 윤대원
추석날 배 띄워
저만치
바다로 나가
배 위에
추석 차례상 차린다 파도에 차례상 의젓이 출렁인다

현재

삼천리 금수강산!

아 이렇게도 보복해야 할 증오더냐
아 그렇게도 복수하고 또 복수해야 할
원한이더냐

해방 후 한반도는 피의 반도였느니라
한반도 방방곡곡은
누가 누구를 기필코 죽여야 하는
저주받은 곳이었느니라

천년 촌락의 정(情)은 이제 끝장

1945년 이후
어느새
소년이 청년이 된 정태
너도
네가 아니라
네 적의 적이다

너는 미국의 적이냐 소련의 적이냐
어느 나라 자손이더냐

정태는 술 먹으면

우익 아버지가 보고 싶고
또 술 먹으면
좌익 외삼촌이 보고 싶었다
어린 시절
그를 사랑해 마지않던 사람
빵 사먹으라고 용돈 주시던 사람
책 사보라고 냉큼 용돈 주시던 사람

김상돈

인공 석 달
굴레방다리 지나
북아현동
친지의 집 천장에서 엎드려 살았다
여덟 번의 수색
아슬아슬했다

기름진 수염 그때부터 길러야 했다

햇빛 못 본 얼굴
백지장

노망든 구십 고령의 그 집 할머님
끝내 헛소리하지 않고
붉은 완장 수색대 꾸짖고
내무서원을 쫓았다

이놈들 내 보지를 뒤져봐라
어느 놈이 숨어 있나!
이놈들 이시 들어가서
니 에미 보지나 뒤져라
어서 물러가지 못할까!

천장 위의 김상돈

이 진한 할머니의 말씀을 듣고 혼자 속울음 울었다
힘이 났다

장인 강문석

진술합니다 이왕이면 나는 머리끝에서 발끝까지 혁명가올시다

나 제주도 모슬포 보성마을 출신 강문석
1939년 경성꼼그룹
해방 이후 남로당 중앙위원
김달삼의 장인 강문석

사위 김달삼 부부가
1948년 제주도 3·1사건으로 바다 건너
부산에 건너온 처가에 피신했을 때
사내가 전선을 버리고 도망쳐왔느냐
내 집 문지방
얼씬도 못한다
하고 쫓아냈다
딸도 쫓았다

김달삼 부부 다시 제주도에 건너와
죽음 무릅쓴 혁명을 진행시켰다
조용하고 뜨거운 청년
단호한 청년

과연 그 장인에 그 사위인가
김달삼
본명 이승진

일본 예비 육군사관학교
하필 김익렬이 동기생이었다

김익렬은 제주도 9연대장

두 사람은 단 한번 4·3사건 휴전담판을 했다
어디서 본 듯한 얼굴이라고
고개 저으며
산에서 돌아온 김익렬은 생각했다
틀림없이 본 얼굴이라며
옛날의 이승진이
오늘의 김달삼인가
끝내 모르고
두 눈 슴벅이며
부대로 돌아온 김익렬은 생각했다
바다안개로 바다 없다
한라산도 구름 속이다

일곱살 남옥이

오산 길가 오두막
부모 없어진 오누이
오빠가 열다섯살
그 아래로
하나 죽어
터울진 일곱살 남옥이

오빠는 철로로 석탄 주으러 가고
너 혼자
공기놀이 재미있구나

이 나라의 하늘은 미군 비행기가 한나절 차지해버렸다

노천명

사슴
모가지가 길어서 슬픈 짐승이여

이런 시 썼던 여인
뾰족턱
치마저고리
치마는 짧고
옷고름 길고

6월 24일
남산 밑 선배 모윤숙의 집에서
다정한 저녁밥상 대접받고
지프에 태워 집까지 데려다주었다

사변 뒤
이대 뒤 애기산에 숨은 모윤숙이
먹을 것과
적삼 두 벌을 얻어오라 인편을 보냈는데

그녀 노천명은
적삼은커녕
모윤숙이 있는 곳 대라
그렇지 않으면
너를 내무서에 넘긴다 했다

곧 애기산 일대에 확성기 소리가 났다
이 산에 반동 모윤숙이 숨어 있다
보는 대로 신고하라

극한은 선배도 동료도 잡아먹어야 한다
극한은 서정시인도
비정한 배신이 된다
극한은 섬세한 독신여인도
잔인한 독부가 된다
극한은 소박한 시골의 정서도 해악의 이념이 된다

수복 후 노천명은 부역죄로
20년 언도
얼마 뒤 문인들 청원으로 사면 석방

다시 흰 저고리 검정치마 노천명이
폐허 명동 여류문인 계모임에 군빗질 머리로 나타났다

남한산

숨은 3개월의 윤달수 씨

남한산 북쪽 기슭을 헤맸습니다
남한산 동쪽 기슭을 헤맸습니다
낮에도 벌레 물려
밤 벌레 물려 짜증내지 않았습니다
밥 한사발만
있으면 좋겠습니다
도토리만 있어도
고욤 몇개만 있어도 좋겠습니다

무슨 풀인지 모르고
무슨 풀을 뜯어먹었습니다
소나무 껍질도 돌멩이로 찧어 벗겨먹었습니다

졸졸 흐르는 물 있어
얼마나 다행인지 몰랐습니다
해 지면
물만 마신 뱃속
더 공허했습니다

도둑질하러 내려가고 싶어도
내려가면 끝장입니다
밤새도록 배가 고팠습니다

새벽녘 덜덜덜 떨어댔습니다
외로웠습니다
지난날 사랑하던 명순씨가 그리웠습니다

명순씨
당신 살아 있어야 해요 하고 빌었습니다
배가 고팠습니다
배가 아팠습니다
멀리서 총소리가 들렸습니다
전선이 남쪽에서 북쪽으로 밀려왔나봅니다

풀 뜯어먹었습니다
부황 나 얼굴 부어오르고
설사는 쉬지 않았습니다
배가 고팠습니다
배가 고팠습니다
비 온 뒤
온몸 젖어 마르기 시작했습니다

내려가
잡혀버리고 싶었습니다
잡혀
총살당하고 싶었습니다
이제는

인민군이 무섭지 않습니다

그러나
해골의 윤달수 씨는
끝내 내려가지 않았습니다
울어도 울음소리 나지 않았습니다

부산 갑부 몇사람

전쟁이 낙동강 교두보로 죄어들었다
이제 대구가 떨어진다
대구가 떨어지면
부산도 떨어진다

부산 갑부 일곱 사람
정진중
김지탁
김정관
유상태 등

영도 부두 끝에 배를 대기시켰다
짐들도 실었다
시집간 딸 신접살림도 실었다

영천이 위태롭다는
신문 읽고
배를 바다에 띄웠다
영천에서 총반격이 있었다는
라디오 방송을 듣고
다시 배를 부두에 대놓았다

아예 이진수 일가는
비서까지 배를 타고

337

일본 토야마로 건너갔다

3백톤급 2백톤급 화물선
정치인 가족
군장성 가족 80여명
대기한 배에 타고 있었다

밤에는 타고
낮에는 내려와 있었다

국회의원 10명
육군 지휘관급 10명 등의 가족들

육지와
배 오락가락하다가
9월 전선이 북쪽으로 올라가자
슬그머니
대기한 배 풀어보냈다

누구의 입에서
개새끼들!

배성섭 상사

12연대 직속 수색대원 배성섭 상사
처음부터 수색대였다
처음부터 끝까지 수색대였다
여순사태 진압
지리산 공비토벌에서도 수색대

누가 물었다
몇번이나 수색작전에 참가했는가

모른다
전쟁의 8월부터 9월까지
그 격전의 2개월
적진과
적진 후방을 줄곧 드나들었다

이북 출신 대원 정예 30명 이끌고 드나들었다

적진 후방 기습으로
적의 암호까지 알아냈다
'소니무'에
'가지'였다
적군 중좌 정치부연대장 등
장교 4명 생포
그밖의 병력 기습섬멸 완료

그리고 돌아왔다

수색의 생이었다

김낙중

임시수도 부산 광복동거리
젓가락 같은 사내
염색옷 걸치고 걸어간다
대낮인데
유리등에 등불 켜들고 걸어간다 웬 미친놈인가

모기 사촌 같은 사내의 목소리
허나 철사 같은 소리

전쟁을 쫓아내야 한다
평화를 불러들여야 한다
평화통일을 이루어야 한다 미친놈인가 아닌가

피난지 서울대 학생 김낙중인 줄 아무도 몰랐다
사람들이 돌아다보며 웃었다
처음에는 경찰관도 웃었다
웬 미친놈이라고

누군가가 웃지 않았다
미친놈이 아니다 씨나 민족의 씨다!라고
고개 끄덕여 중얼중얼

해후

아군 수색대가 맹활약했다
적군 수색대도 활약했다

팔공산 언저리
12연대 직속 수색대원
정해봉이
적군의 수색대원 정해선을 만났다

10여 미터 거리 맞섰다
총을 겨누다가
저쪽에서
'형!' 하고 불렀다
이쪽에서
'야 너 해선이가!'
두 사람은 와락 껴안았다
형은 20세
아우는 18세

정해선은 남의 수색대원으로 편입되었다
정해봉
정해선 형제대원
밥을 많이 먹었다
밥이 고향산천이었다 부모였다

토월회

현실을 도외시하지 않는다는 뜻이 토(土)
이상을 좇는다는 뜻이 월(月)

1923년 일본 동경 유학생의 토월회가 결성된다
박승희
김복진
김기진 형제
이서구
김을한
박승목 등

다 전공 따로

무대예술 지망
조각
문학
미학
영문학
의학 전공의 젊은이들

거기에 객원회원 김명순은
시 지망생

1923년 9월 18일 조선극장

첫 실패에 흩어지지 않고
제2회 공연 똘스또이 「부활」이 대성공

카추샤 역 이월화
네플류도프 역 안석주
연극이 끝나면 연극의 연장으로
남산에 올라 경성을 내려다보는 주인공이었다

이월화의 신발이 벗겨졌다
예쁜 발을
안석주가 보았다

그녀의 발에 가슴 울었다 아 카추샤

연숙자

그해 여름 서울
남대문에도
동대문에도
그 석벽에 스딸린 초상화 김일성 초상화로
온통 도배질
거리의 확성기가 울려갔다

이제 부산이 남았을 뿐
이승만이가 죽었다
장택상이가 자수
조병옥이는 낙동강에서 투신자살했다
누구도
누구도 자수했다

서울인구 1백44만 6천 중
1백만이 남아 있다
그중의 일부
천장과 지하에
숲에 숨었으나 절망뿐

사람들 눈에 핏발 섰다
누군가를
밀고해야 산다
누군가를

잡아넣어야 산다

그토록 마음씨 상냥한
단성사 매표원 두 갈래 머리 연숙자도
단성사 사장 가족
숨은 삼선교까지 뒤져서 고발

다음날 종로 여맹 조직부장이 되었다 머리도 모두머리로 쪽쪘다
서울시 여맹 부위원장이 주는
모범맹원 격려품 받았다

또 그네는
누군가를 찾고 있었다
누군가를 밀고하거나 생포해야 한다
단성사 사장 전주(錢主)
이필주 영감을 찾고 있었다

언젠가 그 영감이
그네에게 돈을 준 적이 있다
그 영감을 찾고 있었다

그 순하디순한 처녀
떨리던 목소리
새된 목소리로 바뀌었다

하루 세 번 주먹 부르쥐고
「김일성 장군의 노래」를 불러댔다
목젖이 찢어질 듯 불러댔다 저녁놀 오싹했다

강노식 대원

적병은 국군 복장으로 위장했다
아군 수색대는
인민군 복장이었다

안개 속

서로 자동소총 쏘아댔다

수색전투 뒤
아군 수색대 인원 점검
한 명이 더 있었다
확인해보니
적병 한 명이
아군이
진짜 인민군인 줄 알고 동행한 것

인민군 13사단 수색대 강노식이
국군 1사단 사단본부 수색대 강노식이 되어버렸다
순박하디순박했다

미군 레이션이 입맛에 맞지 않았다

송길자

사과꽃 바람에 날리는데
동촌 뱃놀이
올해 스물두살
생일 맞은 송길자와
제프리 맨스필드 상사가
노를 멈추고
물길에 다 맡겼다

배가 느릿느릿 떠내려간다

강 건너 아이들이 소리쳤다
양갈보는 좋겠다
양갈보는 좋겠다

제프리가 무슨 소리냐고 물었다
눈물 글썽거리며
길자가 말했다

나더러 영화배우 같다 한다고

제프리가 아이들에게 손을 흔들었다
강 건너 아이들도 손 흔들었다
미국놈은 좋겠다
미국놈은 좋겠다 돈도 많고 좋겠다

지덕

1년은 수염 깎고
1년은 수염 길렀다
달마 가문
제5조 홍인은
절간 방앗간 노복 혜능에게 몰래 법을 전하니
그 법
남으로
남으로 망명

제5조 홍인은
지체 높은 신수에게도
그 종지(宗旨) 이었으니

하나는 돈오가풍
하나는 점수가풍

제5조 홍인
또 신라 승 지덕에게도 그 선덕을 이었으니
홍인 10대 제자 중의 한 사람
그는 돈오에도 점수에도
기울어지지 않은 채
잠들어서도 잠 깨서도 빙그레
일컬어 밤낮으로 웃음이라
주야 미소종

1년은 수염 기르고
1년은 수염 밀어버렸다
그리도 심심했던가
주야 미소종도 군더더기 그만두었다
겨울 굴뚝새 봄 비오리 왔다

남두만

그는 구(舊)빨치였다

삼팔선 넘어가
강동정치학원 유격전 훈련 마치고
삼팔선 넘어왔다

태백산지구에서 싸우다가
지리산지구로 옮겼다

전쟁 후기 인민군 전선사령부는
지리산지구 빨치
그밖의 잔여 빨치
왜관과
다부원전투 선두에 내세웠다

격전

총탄도 떨어져갔다
미군이나
남조선 괴뢰군의 무기를 탈취해서
싸우라 했다 순 억지였다

황간
김천

약목
창녕
최전방에서도
구빨치 육박전 순 억지였다

5년을 싸운 전사
그 댓가가
육탄전
총알받이
울컥! 화 치밀어올랐으나
어쩔 수 없다

투항할 수도 없다

북의 독전대 총구 앞에서
후퇴할 수도 없다
싸우다
싸우다
죽어갈 수밖에 없다 없다 없다

23세 남두만
벌써 40세쯤 50세쯤 팍 늙어버렸다
쌀밥과
돼지비계 뜬 국을

싸그리 먹는 꿈도 없어졌다

달이 구름장 속에 들어간 어둠속 참호
육탄전 직후의 고요가 더 무서웠다
그동안 내가 죽인 놈
2백명 이상
나도 죽어야 한다
어머니가 보고 싶었다
일제 징용에서 돌아오지 않은
낯 모른 아버지가 보고 싶었다 끝장의 그리움

혁명은 이토록 피바다인가
해방은 이토록 싸움뿐인가 죽음뿐인가

돌격명령이 떨어졌다
참호를 뛰쳐나갔다
피잉!
핑!
총탄 퍼부었다
아직 남두만은 살아 있다

황성 옛터

1928년 서울 단성사 무대에 이애리수가 섰다
처연한
투명한
가을처녀의 목소리
「황성 옛터」가 퍼졌다

눈물 가슴에 차고
등 뒤에서 비가 퍼부었다

한 노래를 세 번 불러야 했다
청중은 울고불고
울부짖었다 머리 쥐어뜯었다

고향 개성
망한 고려 만월대를 노래한 것

일본인 코가 마사오의 엔까가
이 노래의 표절이라는 소문이 났다

「황성 옛터」를 힉생에게 사르친
대구의 한 교사는 파면당했다

작곡자 전수린과 코가는
서울 소공동에서 어린 시절 소꿉동무였다

늘 이애리수의 뒤 형사가 따라다녔다
늘 전수린의 집 형사가 찾아왔다
노래 하나에도 자유는 어림없었다

현인

동경 우에노음악학교 성악학도
징용 피해
중국 상해로 갔다

상해에서
천진에서
바다 건너
고국을 그리워했다

샹송과 깐쪼네를 불렀다

위엄 있다
매혹 있다

해방 뒤 멋쟁이로 돌아왔다
「신라의 달밤」을 불렀다
「비 내리는 고모령」을 불렀다
건달같이 「베싸메무초」를 불렀다

전쟁이 일어났디
군가 1번
「전우야 잘 자라」를 불렀다
피난가요 1번
「굳세어라 금순아」를 불렀다

휴전 뒤
자작 작곡 「서울야곡」을 불렀다
자작 작사 작곡 「추억의 꽃다발」을 불렀다

음절 파괴 대담했다
육중하고
기름진
바이브레이션
3음절이 7음절이 되어
사람들의 심금 휘감았다
'고요한'은
'고호호요호하한'이 되었다 청승 사절 건달 환영!

이난영

긴 목 가는 허리

남편 김해송이 북에 납치되었다
납치된 자의 가족조차
반공세상에 어긋났다
남편이 경영하던
KPK악극단도 해체당했다

어린 일곱 남매의 엄마 이난영

딸들
숙자 애자 그리고 조카 민자로
'김씨스터즈'를 만들어
미8군 무대 휘파람 환호성
'김보이즈' 영일 상호 태성으로
미8군 무대 박수갈채

씨스터즈
보이즈 미국으로 갔다

엄마 이난영은 가지 않았다

「목포의 눈물」은 겨레붙이 모두의 노래였다

삼백년 원한 품은 노적봉 밑에
님 자취 완연하다 애달픈 정조…

임진왜란은 아직도 원한으로 한으로 안이다가 밖이다가 살아 있었다

시골다방 미스 김

삼랑진 강바닥 피난민촌
부산으로 가지 못한 사람들
밀양과
삼랑진 원동 물금 터를 잡았다
노박이 옛 마을 시끌벅적

다방이 둘
다방을 타방이라 불렀다
낙동강타방
청춘타방

남정네들 타방에서 유지가 되었다
아침 열시쯤
벌써 타방 안은 담배연기 자욱
되는 일도 없다
안되는 일도 없다
자칭 유지들 서로 겨루고 수군거렸다

그러다가 혼자 남아서
마담의 궁둥이를 슬쩍 만신다
미스 김의 숙인 몸
가슴 속 눈길 파고들었다

미스 김 나랑 표충사 가자

미스 김 부산 가자
부산 가서 배 타고
거제도 가자

곰보나일론 치마저고리의 전마담
파마하지 않은
생머리의 미스 김
계란 노른자위 뜬 모닝커피
도라지 위스키 한방울 섞인 홍차
그리고 설탕 없는 진한 커피를 한 잔 날라왔다

거제도 가자
싫어요 하면 안된다
갈 듯 말 듯
그래야 오천원이 오만원 된다

대두병처럼 허리 늘씬
귀밑머리 젖은
미스 김
앙가슴 깊은
미스 김
말할 때 입안의 캄캄한 속살

유지 박사장의 뼈가 녹아내린다 상이군인 들어온다

씨베리아 언년이

1920년대
몽골 지나
아라사
바이칼 호수 근처
거기까지 흘러가
막대기로 받쳐야 할 폐가에 들어가 사는 조선사람 있다

살아갈 길 그리도 멀더라

그 폭설
그 혹한 오줌 싸자마자 어는 날들에도
쉽사리
얼어죽지 않고

살길 그리도 모질더라

언 아침 헌 조선옷 치마저고리 입은 처녀
물동이 이고
가더라
물 길러 가더라
언 물 깰 방망이 들고 가더라
아직 네 이름 안나나 타찌아나가 아니라
언년

아버지는 며칠째 돌아오지 않는다
썰매 타고
곰 숲
사냥막에 갔다

언년이 아래
동생 셋
여동생 둘

여기까지 흘러오며 무엇하려고 새끼들 불어났다

아직은 쎄르게이도 요시프도 보리스도 아니다
큰 쌍둥이
작은 쌍둥이
동섭이
끝섭이
언년이 아래
작은년
끝년

아홉살 때부터 맏딸 언년이는 어른이 되어버렸다
아직 살지 않은 날들까지
살아버렸다 씨베리아 눈보라 그친 하늘 너무 어웅하더라

만경강

윗강 금강은 세상이 다 알아버렸는데
아랫강 만경강은 세상이 모른다
오늘따라
모르는 강 찾아가고파
강 건너 들녘 전봇대 따라가고파
서해 망해사 거기 가고파

석도해 화상
아직 살아 있을까
도해화상 상좌아이
그대로 깜빡 졸고 있을까

모르는 강
모르는 산길
저녁연기

여기까지는 정 여기서부터는 무정이라

도해화상
변산 유격대가 쏘아죽었나
읍내 가서
신규 토벌대 병력
알아보고 오라는 명령 사절했던 것
상좌아이

살았는지 죽었는지 모른다 자취 없다
그들 찾아가는 길 몇번이나 발 헛디디었다 아 없음이 있음인가

남인수

남인수의 「애수의 소야곡」을 부르며 자라났습니다
「울며 헤진 부산항」을 부르며 자라났습니다
'이 강산 낙화유수…'를 부르고
「서귀포 칠십리」를 부르며 자라났습니다
해방 뒤
'달도 하나 해도 하나 사랑도 하나'를 불렀습니다 사랑을 알았습니다
아 「가거라 삼팔선」을 부르며 분단을 알았습니다

임시수도 부산을 떠나며
「이별의 부산 정거장」을 부르며
휴전 뒤의 삶을 살았습니다

리라꽃도 피었습니다
쌍고동도 울었습니다
아 산유화도 피고 졌습니다

남인수
식민지 말기 일제 찬양의 노래도 불렀습니다

기생들 몰려들었습\]디
폐결핵을 앓았습니다
본명 최창수
강씨 문중에 입적 강문수가 되었습니다
18세 이후

그는 반도의 목소리였습니다
해맑은 색깔
넘나드는 음역
그리고 간드러진 굽이굽이
그의 나비넥타이 퍼덕여 곧장 나비로 날아올랐습니다

김정구

신문도 팔았다
달걀장수였다
달걀꾸러미 한 줄 떨어뜨려
길바닥 깨어진 달걀 보고 울기도 했다

원산 덕원목장
양치기 노릇도 했다

책방 점원으로 책을 꽂고 책을 팔았다
활동사진 음악사로
바이올린도 제법 연주했다

그런 뒤
'두만강 푸른 물에 노 젓는 뱃사공'을 불렀다
세상이 그의 노래 따라불렀다

김정구의 무대
갈 수 없는 두만강
잊을 수 없는 강
그의 노래에서 언제까지나 흐르고 흘러갔다

의병 제대 하인호

광복동 골목도 싫더라
남포동 골목도 싫더라
그 빈대떡집
막소주 난장판도
호주머니 빈 채
바라보는 영도다리도 싫더라

무시무시한 백골단 트럭 달려가는
부산역전도 싫더라
이 썩고 썩은 임시수도
썩은 독재
썩은 욕망
썩어버린 육체의 도시

좌천동 판잣집 단칸방
하루만이라도 떠나
저 다대포 앞바다에 가고 싶어라

나는야 동부전선 산악지대에서
귀머거리 된 제대병
파도소리 없이
파도를 바라보고 싶어라 다시 동부전선에서

백암산전투 뒤

370

귀 잃고
목발 짚고 제대하였다
죽어라고
죽어라고
후방이 싫더라

한쪽 다리만 생긴다면
열번이라도
전선으로 돌아가고 싶어라

죽고 죽이는 곳
빼앗고 빼앗기는 곳
너도 없고
나도 없는
그곳에 가고 싶어라

후방에는 오로지 나만 있더라
썩어버린 나의 시궁창만 있더라
고향도 싫더라
옛 고향 아니더라

초롱꽃

저 태백산맥
단발령 보아
어은산 보아
대암산 보아
산등마다 초롱꽃 보아

방대산
오대산 보아
숨었다가
금방 나온
초롱꽃 보아

발왕산
가리왕산
정선
사북
태백산 보아

반도 등줄기 어느 허리 어느 골짝
싸움터 아닌 곳 없어
죽고 죽어
귀신으로 뉘우치는 형제자매일 수밖에 없어

산등마다 초롱꽃 보아

태백산 서쪽
국망봉 밑
한날한시 죽은 병사 백골들 비명 절규 오열 묻혔어
거기 초롱꽃 보아

아버지와 딸

정선 동강 물소리도 자는 날 있다
황기 캐는 아버지하고
아홉살 난 딸이 산다
개 없이
닭 없이
강기슭 물장난한다

엄마는 영월 가서 돌아왔다가
제천 가서
영영 돌아오지 않았다

하늘 높이 B-29가 지나간다 하얀 비행운

산에서 돌아온 털보 아버지 곰방대 털며
불러주는 이름이 있다
귀밑에 점 하나 보고

점백아
점백아

진주 풍경

그해 겨울
만 17세 이상 40세 미만의 남자들
제2국민병 해당자들
무지렁이들
1만 2천5백여명
경남 진주 시내
세 국민학교에 들어찼다
교실과 교실 밖 운동장 바닥

사람 형용이 아니었다
거지떼
해골떼
맨발로 귀신으로 빙판길 걸어다녔다

무성영화 화면이 좋겠다

1천3백명 죽었다
거적도 없이
질질 끌다 실어다가
언덕 아무메나 묻어버렸다
개가 파헤쳤다

몇천명은 환자였다
감자 한 알을

무 한 개와 바꿔먹었다
가지고 온 돈푼 다 동났다
낀 반지도
고구마 두 개와 바꿔먹었다

교실 바닥 가마니도 없다
깨진 유리창
막을 종이때기 없다

언 꽁보리밥 한 양재기
몇놈이 나눠먹었다
몇놈이 빼앗아먹었다

밥 달라
옷 달라 하면
깔아야 할 가마니 달라 하면
몽둥이가 날아들었다
피칠갑으로 나뒹굴었다

버젓이 식량 피복 의료약품 횡령착복했다
폐허 진주
죽음의 땅이었다
씨름꾼 출신
김윤근 사령관

대통령의 오랜 충견

밤마다 부산 요정에서
기생들에게 뿌리는 돈이
여기 죽음의 땅에는
한푼도 오지 않았다

대통령은 자신의 권력 이외 이도 저도 챙길 줄 몰랐다 비나리만 챙겼다

북간도 한곳

제1차 훈춘사건
경신년 9월 12일
일본군은
만주 마적 두목 진동과 만순을 매수
훈춘 일본영사관 습격을 지령했다
진동은
중국인만 죽였다

실망한 일본군은
마적 장강호를 매수
10월 2일 습격을 지령했다

일본인 영사관 직원 죽였다
영사관 직원 가족을 죽였다

이것으로 조선독립군의 만행이라 퍼뜨렸다

그리하여 이를 진압해야 한다는 구실 내세워
중국에 통고
일본군 나남사단 아베부대가 들어가고
연해주 파견 일본군 들어왔다
10월 15일 용정 침략
국자가
두도구

장백 안도
집안 유하
안동

10월 21일 훈춘 침략
대학살
여기도
학살
저기도
학살

그 시체더미 가운데 살아남은 현신만이

얼빠져
반벙어리 되고 말았다
말 몇마디 입을 들썩
개똥 먹었다 말똥 주워먹었다

홍범도 장수가 그 신만이를 받아들였다
받아들여
취사반에서 밥 실컷 먹게 했다

월천꾼

곰치고개 산사람도 있고 산손님도 있다
으슬으슬
찬기운 휘감는다
그 고개 넘어
거기 진안과 완주 경계 한숨 나온다

진안은 높고
완주는 낮다

냇물 하나 비 오면 세 부려 넘친다
마을과 마을
건너지 못하고
며칠 내에 발걸음 끊어진다
달구지도 벙어리 된다

그런 때 맞춰 썩 나타나
냇물 건네주는
월천꾼 진병호 영감 있다
우람한 몸집
으라차차차
바윗등걸 뽑아올리는 털보영감
진꺽정이라 한다
부리부리 눈빛 사나워
서울 사냥꾼 사냥개도 꼬리 슬슬 사린다

지서 순경이 그에게
수상한 자 있거든 신고하라 했다
신고한 적 없다

제기럴 내 눈에 누가 수상하단 말이여

이 월천꾼 등에 업힌
타관 처녀 임순이
부끄러움 반
두려움 반
거센 물 가로질러 건너간다

건넌 뒤 사례하고 싶은데 그냥 가라 한다

사연인즉
진격정 금산 살 때
스친 여인에게서 낳은 딸인 줄 통 모른다
딸도 아버지인 줄 모른다
왜지 업힌 등짜 그대로
더 많이 가고 싶었다

부디 안녕히 지셔유
그려 낭자도 잘 가겨

횡계 아이들

평화는 궁핍 옆에 와 있다
강원도 횡계
전쟁 멈춘 2년 남짓인가
폭격으로
파인 웅덩이에 물 담겨
내일모레 살얼음 얼겠구나

일곱살
아홉살 아이들
밖에 나오면
거기가 천당

헌 벙거지 쓴 놈
눈곱재기
콧물 고드름 단 놈
이빨 빠진 웃음
할망구 웃음

개 한 마리도 덩달아 끼어들어 꼬리 바쁘다

이로부터 녀석들 사는 천당이 펼쳐진다
뒷날 살인범 하나
면 세무계장 하나
그리고

고랭지채소 재배업자
산약초꾼
그리고 장돌뱅이 마누라
다방 주인
아이 팔남매 둔 술꾼 아비
닭장수 마누라
뒷날 닭 몇천 마리
날마다 죽이는 토종닭 닭곰탕집 마누라

전쟁 뒤가 평화다 평화는 짤막하다
찢어진 산천
봄에
여름에 꽃 필 산천

일곱살
아홉살
열살
거기가 천당

안설녀

일제 때 아홉살 민며느리
일곱살 신랑아이와 살아갔다
잠들면
신랑아이가
댕기머리 낭자를 풀어놓았다
귀신이다
귀신이다 하고 소리질렀다
잠들면
눈썹도 뽑았다
때려주고 싶을 때 꾹 참았다
미울 때도 꾹꾹 참았다
겨울 감나무에 불타는 감이 몇개 남아 있었다

신랑아이 동생도 업어 길렀다
신랑아이 둘째동생도 업어 길렀다
시집간 것이 아니라
아이 보러 간 것

해방 뒤
신랑아이가 호열자로 죽었다 과부가 되었다
동네 어르신네들 고약한 저주
서방 잡아먹은 년이다
독한 년이다 욕했다
꾹 참았다

18세
시조부모
시부모 섬기느라
시동생들 수발하느라
남자가 무엇인지 통 모르고
부엌살림
방안살림
빨래터살림
나뭇짐살림
밭살림 도맡았다

6·25 뒤 인공 때
머슴 출신
인민위원회 부위원장 김길동 따라
남원에 갔다

지리산 뱀사골 여전사가 되었다
주먹밥 나르고
빨레 빨았다
처음으로 김길동 동무에게 몸을 바쳤다

이제 죽어도 좋다고
박달나무 잎새 씹어삼켰다 새 세상이었다

원치수

오늘 아침 여섯시 광주형무소 넥타이 공장
사형이 집행되었다

원치수의 유언 빨리 죽여라

모든 죄수들 밥 먹지 않았다 오전 내내 입을 다물었다

별주부전

신문학 이해조가 기독교 여성지도자 이우정의 할아버님

이해조 뜻한 바 있어
명창 곽창기
심정순의 구술을 받아쓰니
그것이
한글판 국한문판 등 34종
그 끝에 있는 이해조의 「별주부전」

바다 밑 용궁 용왕께서
병이 나시자
어느 도사가
육지의 토끼 간을 먹으면 낫는다 하였다
누구도 육지에 갈 뜻 없는데
자라가 나섰다

토끼 그림 한 장 지니고 육지에 올라가니
산중 여러 짐승들 머문 곳에서
토끼를 만나

저 용궁에 가서 높은 벼슬 살며 복을 누리자 하니
때마침
신물난 산 떠나
자라 뒤를 오두방정 따라나섰다

바다 밑 용궁
용왕이 기뻐했다
그대 간을 내보아라

여기서 토끼 비로소 속은 것을 알고 꾀 번쩍
간을 두고 왔으니
다시 육지로 보내달라 하였다

자라와 함께 육지에 올랐다
토끼가 껄껄 웃었다
이 멍청한 자라녀석아
어찌 간을 내놓고 다니겠느냐
어서 꺼져라

혹은 자라 육지에서 죽었다 한다
혹은 자라 바다 밑으로 가서
용왕 폐하에게 대죄하였다 한다

여기까지 「별주부전」 내려오는 동안
저 고대 인도에서
조선 후기 지배층 부패를 배경으로 하기까지
수많은 손때 묻은 이야기
한 마리 토끼의 꾀 오늘의 살길이뇨 아니러뇨

평양사람 이종기

오래 병석에 있다가
몸 나아 모란봉에 나가보았다
강물 바라보며
기뻤다

다음날 피난행렬에 괜히 휩쓸렸다
남으로 가겠다는 뜻도 없이
엉겁결 대동강 철교를 탔다

남들이 가니 나도 가는 것일 뿐
황해도 황주 지났다
돌아갈까 하다가
사리원 지나
되지 않을 거지도 되며
좀도둑도 되며
서울에 왔다

돌아갈 수 없다
아버지 농업성 축산계장
어머니
아내 여맹 부위원장
딸 하나 아들 하나
두고 온 사람

부산에 왔다
부산 국제시장 염색공장을 차렸다
공장 회계 보던
피난민 처녀 신옥순을
새 아내로 삼았다
새 아내는 집에 가서도 회계뿐
사랑 따위 통 모른다

사랑 없이도 살았다
아들 낳았다

술 마신 밤 광안리 바닷가에 가서
두고 온 이름들을 불렀다

임자!
경수야! 경대야!

헛대답 왔다

오마니이!
오마니이!
아버지이!

집에 가지 않고 여관에서 잤다

성진이

일본은 조선사람들에게 양력을 강요했다

조선의 첫 명절
음력 1월 1일
설날을 없앴다
설날 차례도 폐지시켰다

그러나 양력 1월 1일은 왜놈 설이었다
단속반 몰래
음력설을 쇠었다

음력설이 독립운동이었다

너비아니
부침개
살얼음조각 떠 있는 수정과
눈깔 튀어나오는 쌀밥
찐 생선

새옷 입고 세배를 돌았나

그런데 동구 밖 오막살이 성진이네는
조선설도
일본설도 아예 없다

무슨 색동저고리
무슨 떡이 있을 리 없다
양지쪽 둔덕
칡뿌리 캐다가
그것을 질겅질겅 씹으면
벌떡 힘이 생긴다

새해 아침
괜히 고추가 섰다
그해 6월 전쟁이 났다
한 달 뒤 인공 3개월
일자무식 민청위원장이다가 행방불명이었다

9월의 섬

아직 임자도에는 사물놀이가 이르다 미친 빨갱이에 진저리쳐라

임자도 섬 하나에
백명씩
백오십명씩
구덩이 파 몰아넣고
치고 찌르고
쏘아 죽였다

반동이라고
예수 믿는다고 죽였다

징 치며
학살했다
장구 치며
학살했다
술 취해
꽹과리 치며 죽였다

임자도 섬 하나에
몇백명의 원혼 파묻혀 있다
태풍이 와도
태풍에 휩쓸려가지 못하는 원혼이 있다

아직 임자도에는 사물놀이가 이르다
커다란 저녁 낙조
그러나 술항아리 아직 이르다 맨숭맨숭 면목없이 돌아가거라

염동진

1945년 겨울
서울 종로 2가에 염동진이 나타났다
아니
나타나지 않고
스며들었다

염동진

그가 누구인지
어디서 왔는지
누구의 동지인지
어디로 갈 것인지 몰랐다

수군거리기를
중국 북부에서 독립운동을 했다 한다
수군거리기를
가족 전부가
공산당에게 학살당했다 한다

극우 테러본부 백의사(白衣社) 우두머리
잠자리에서도
검은 안경 벗지 않는
장님
잠자리에서도

권총

백의사
청년 유진산은 머리였고
청년 김두한은 주먹이었다

모자 벗은 머리에서
포마드 냄새가 진했다
냉혈인간
그의 말은 칼끝
그의 생각은 칼끝 찰나

그의 하루하루
누구를 죽이는 일
누구를 없애버리는 일이었다

단독정부가 들어선 뒤
홀연 사라졌다
그러나 그의 극우 테러는 백주 호열자로 퍼져나갔다

블루스

변산 빨치산 완전 소탕
소탕 축하연에서
술 취한
부안경찰서장 박정남이
춘심이와 블루스를 추었다

춘심
빨치산 척후대장 김익환의 비밀애인

춤추며 눈물이 맺혔다

왜 우나 내가 좋아서 우나?
정전이었다 곧 촛불들이 거듬거듬 켜졌다

할렐루야

강화도 강화읍 밖은
바로 산들바람 부는 갑곶
갑곶 들녘 지난가을 손돌바람 뒤
2월 바람 잦아들고
3월 바람 왔다
노고지리 솟아오르다 바람에 걸린다

물 건너
김포 들녘 아지랑이 속
4월 바람에 어린모 자라난다

5월 모심는다
모심을 때
할렐루야
할렐루야
소리지르며 모심는다

외진 마을에 기독교가 들어와
믿는 자와
안 믿는 자 사이
원수가 되어갔다

한 마을 침례교와
성공회도

원수와 원수 사이
서로 결혼도 할 수 없다
서로 결혼잔치 참석할 수도 없다

하루에 백번 이상
할렐루야를 외치는
성결교 신자 곽일구
하루에 2백번 외친
성결교 홍순자와 결혼한다

이 자리에
감히 성공회 신자는 오지 못한다
사촌이라도
사돈의 팔촌이라도

옛 두레
옛 형님 동생
어디로 가고
서로 원수 되었다

인공이 들어오자
좌가 일어나 우를 죽였다
수복되자
우가 남아 있다

좌를 모조리 죽였다

예배당이 늘어났다
미국 구호양곡과 구호물자
예배당이 배급
우르르 몰려가
밀가루 탔다
헌 양복 받아왔다

모두 할렐루야를 외쳐야 했다
가을걷이 들에서도
할렐루야
할렐루야

법랑 선사

초조 달마 이래 혜가 승찬을 이어
제4조 도신 있다
그들의 신심명(信心銘)
알기 쉬워라
행하기 지겨워라

거기 도신의 제자 중
신라인 법랑 있다

동정호 북쪽 황매현 쌍봉 도량에서
고국에 돌아왔다
달마 선풍
도신 가풍을 펼치려 했다
허나 신라 교계는 꽉 막혀
마어(魔語)를 가져온 이단 물러가라고 배척

법랑은
호거산에 숨어버렸다 큰 공부 묻혔다
장차 선종의 동산
이런 무덤 위에 이루어신다
모든 생은
모든 멸의 자식
제4조 도신 가풍은 아마도 누굿누굿 점수(漸修)였지?

적상산 관음암

무진장
전라북도 고산지대
무주
진안
장수

그 두메산골 저쪽 적상산
일제시대
한 아낙이 지은 집 한 채
아낙 떠나고
빈집

누군가가 관음암이라 했다

전란 때 노승이 지나가다 머물렀다
양식이 독에 남아 있었다
그것으로 명을 잇다가
그것이 다 동나니
그대로 굶어죽었다
뻗은 시신은 날짐승 길짐승들 차지
뼈들이 방에 흩어져 있었다

관음 해골암

유점순

1937년
어머니는 여공(女工)이었다
어머니는
울타리도 없는 오막집을 몇푼 받고 팔았다
산 넘어
아버지의 꺼진 무덤에 가
실컷 울고 떠났다

1958년
어머니의 딸도 여공이었다
유점순

전주 섬유공장
어머니가 쓰던 도시락곽에
그대로 밥을 담아
새벽 네시면
문간방을 나선다

열두시 작업 중단
일두시 이십분이면
작업 계속
여섯시 퇴근이라지만
잔업 열시 반에 퇴근한다

어둠속에서 출근하고
어둠속에서 퇴근
붕어빵 한 봉지 먹고 싶었다
남고산 남고사 벚꽃 피었겠다
어머니가 보고 싶었다

끓는 솥 고치에서
실 끝을 잡아
기계에 대준다
덜거덕
덜거덕
기계 돌아간다

얼굴은 화상 입은 듯
땀은 비 오듯
저녁이면 피잉 돌아
넋을 놓쳐야 한다
어머니와 함께
승가사 시냇물에 발 담그고 싶었다

밤 서울역

고향으로부터 멀리 가는 일은 슬펐다
서울까지 열한 시간 반
목포역 다음 일로역에서
밤 완행열차를 탔다
바지춤 안에
주머니 달아
돈 2만 8천환을 넣어두었다

문밖은 온통 도둑인 세상
차 안에서 용케 도둑맞지 않았다

서울역전
신새벽 불빛 휘황
무엇이 다가왔다
쉬었다 가세요 쉬었다 가

또 무엇이 다가왔다
애인 하나 소개해줄게 함께 가
아다라시도 있어
누나도 있어

눈감으면
코 베어가고
귀 베어가고

입속의 혓바닥 베어가는 서울
처음 넘어야 할 고개 넘었다

서울이란 첫째 속이는 곳 터는 곳
서울이란 첫째 빼앗는 곳
서울이란
시골년 시골놈들 삼키는 곳

일로의 박재철이
서울역을 무사히 통과했다
주소를 한번 더 확인했다
의정부라
의정부라

중절모자 쓴 노인에게 물었다
종로 5가까지 버스 타고 가서 내려
거기서
의정부 가는 시외버스 타
헌데 의정부에는 웬일로?
그 미군들 득실거리는 곳
몸조심해야 할 게야
그 미군들 빌붙은 양아치들 득실거리는 곳

그 아이

고향이 어디냐
몰라
몇살이냐
몰라
니 아버지 어머니는 어디 있냐
그런 것 몰라
이 새끼 싸가지없구나
누가 더 싸가지없는지 모르겠어 왜 그런 것 따져 따지긴

꽁초담배를 피워문
그 아이

지하련

식민지 절정 푸른 하늘도 절망이었다
시인의 아내였고
시인의 동지였다
처음부터 그 늦은 사랑
눈뜬 어둠으로 가고 있었다

1940년 단편 「결별」이 『문장』에 발표되었을 때
중일전쟁 복판
태평양전쟁 직전
식민지 조선
한 떨기 동백꽃 여성작가를 자랑했다
지하련

마산의 취한 넋
마산만의 밤바다 관능이었다

미남 임화의 폐결핵이 미녀 지하련의 연심이었다
위장전향
본명 이현욱

해방 뒤 가장 행복한 한때
남편은
모시옷 입고
김순남

함세덕을 맞아들이고
앞치마 두른 아내 음식솜씨 무르익었다

지하 잠입
월북

전쟁 직후 시인은 처형되었고
시인의 아내
수용소에 처박혀
절망의 날들 광란과 기절로 보내다가
쓰레기처럼 죽었다
꿈이었던 이데올로기
죽음이었던 이데올로기
지하련

푸른 피 뿜는 하늘 아래
문학 혁명 사랑

박백 중위

8사단 16연대 2대대 수색중대 부관
박백(朴白) 중위

초산
압록강 기슭까지 진격했다 온몸 감격으로 뜨거웠다
1950년 첫 겨울
강 건너
중국땅 만주를 바라보았다

중공군을 만났다 온몸 쭈뼛 고슴도치가 되었다
희천 구장 사이
언덕에서
중공군 포로가 되었다

중대장 전사
대원 2명 전사 3명 부상
나머지 30명이 포로가 되었다

화풍광산 포로수용소
국군 5백여명
미군 3백여명
매서운 겨울 포로들이 죽어갔다
수용소
한 방에 20여명 누울 데 없었다

누가 죽으면
겨우 자리가 생겼다

죽은 포로의 시체
이삼일씩 방 안에 두고
점호 때
벽에 기대어놓은 채
그 밥까지 다 먹었다

하루에 두 번 강냉이 한 줌씩
하루 50여 명 죽어갔다
시체에서
한 홉 정도의 이가 기어나왔다
고드름 따먹다가 죽기도 했다
동상 마비
손가락 잘려나가도 아프지 않았다

박백 중위 죽지 않았다 극한 이후 포로교환으로 돌아왔다

남대문 도깨비시장 고사리

용산 미8군 피엑스 물품들 트럭에 실린다
한국인 김철수와
흑인병사 하리
그들의 전문절도

후문 초소
헌병 존 베컴의 순번 때 통과한다
이때가 새벽 네시 반

다섯시 반에는
남대문 도깨비시장 표종선에게 넘겨진다

시계
초콜릿
양담배 아까다마
카멜
담요
군화 워커
유엔 잠바
만년필
모직내의
껌
전기면도기

표종선은 황해도 해주 출신
물건 흥정하지 않는다
부르는 값 그대로 준다
이것이 인기몰이
부르는 쪽도
싼값으로 불러준다

별명 수양산 고사리
해주 수양산
백이
숙제
두 사람 모신 사당이 있다

수양산 고사리
집에 가면
첫째손녀에게 심청
둘째손녀에게 낙랑공주 얘기한다

충무로 소문난 알부자
어느날
한국헌병 앞세워
미국헌병 들이닥쳤다 끌려갔다

장작장수

민둥산 넘어
민둥산 넘어
붉은 산 넘어

저기
청산 있다

벼락 맞은 나무
어쩌다
죽은 나무
쓰러진 나무 베어다가

며칠째 잘랐다
빠갰다

장작 열일곱 다발

한 다발은 남편이 지고
한 다발은 아내가 지고
여섯 다발은 암소 등에 지우고
장에 간다

장에 가서
여덟 다발 팔릴 때까지

암소는
사람 속에서
조용히 서 있다

오줌 한번 누었다

장작 다 팔고
쌀 한 되
보리 한 말

돌아가는 길 간고등어 한 손

지뢰 묻힌 지대가
여기서 멀지 않은 산길이었다

좀 앞선 아내가 말했다
용식이 아부지
걸음 재촉해요
어서 가서 용식이 밥해주어야지요
저놈 여물도 쑤어주이아지요
뱃구레 들어간 것 보아요

그려

남편은 걸음 빨라졌다 암소도 빨라졌다
어느새 거지별 떴다
이런 하루였다

먼 곳에서는 아직 전쟁

옹점

이중환의 『택리지』는
백두산을
곤륜산의 연장이라 한다
못난 소리
백두산은
어느 산의 아우 아니고 자식 아니다

북부여 청년
호랑이 타고
남으로
남으로 와
백두산을 올랐다

고구려 환도성 소년들
말 타고
동으로 가
백두산을 올랐다

후고구려 철원땅 처녀들
나귀 티고
나귀 방울소리로
귀신 쫓으며
백두산 밑까지 가다가
산적 만나

다 붙잡혔으니

거기서 울다가 말다가
산적의 마누라 되어
개마더기 일대 다스리는 자식의 어미 되었나니

개마더기 달밤 속
달빛에
갓난아기 빛 적셔 길렀나니
햇빛에 빛·쏘여 길렀나니

태백촌 두령의 아내 옹점
어느덧 머리 희끗거리는 할멈으로
옛 고향 다 잊었다

고향이란 태어난 것 잊지 못하는 이리석음 아니라
자라난 곳
잊어버려
죽는 곳이 고향인 것을 알 듯한 모를 듯한 어리석음이기를 바라 마지
않나니

그 노래들

삼천리 화려강산 여기저기 열일곱 나라 국기 여기저기 휘날렸다

1950년 7월 2일 논두렁
열여섯살 코벽쟁이 진도준이가 콧구멍 열려 노래 불렀다
원수와 더불어 싸워서 죽은…
인민항쟁가였다
태백산맥에 눈 날린다 총을 메어라 출전이다
출전가였다

1950년 10월 10일 윗말
열다섯살 서우석이 노래 불렀다
이 몸이 죽어서 나라가 선다면
아아 이슬같이 죽겠노라

동갑내기 오장구가 노래 불렀다
낙동강아 잘 있거라 우리는 전진한다

오장구 동생 오장자가 혀짤배기로 노래 불렀다
화랑담배 연기 속에 사라진 전우야가 전우로 끝났다

1951년 1월 눈보라 속 문산
낯선 노래 더더기로 들렸다 오랑캐 노래였다
중국어 통역관이 풀어주었다
인민해방군가

앞으로 앞으로 앞으로
우리의 대오는 태양을 향한다
다리는 조국의 대지 밟고
등에는 민족의 희망 짊어진다

그 노래는 다시 들리지 않았으나

문산 양공주집 아이 김중만이 놈
양담배 끄고 나서
어디서 배웠나
아이 러브 유
아이 러브 유
아이 러브 유 하고
노래 불렀다
유엔군 사령관 십팔번이라 했다

의사 윤성주

충남 논산 역전 보은의원

논산
강경 일대 소문난 의사
윤성주
30세부터 백발이라
백발병원
강경 지나
함열
황등
이리까지 소문났다

일제시대 일본인도 치료
해방되자
귀환 동포 무료로 치료

인공 3개월
인민군을 무료 치료

수복 이후
대한민국 경찰을 무료 치료

제2차 후퇴에는 그대로 있을 수 없었다
남쪽으로

남쪽으로 피난 갔다
이리에 갔다
더 남쪽으로 갔다
남쪽 끝 목포에서 병원을 차렸다

그는 큰 수술 다섯 시간 뒤 소주를 마셨다
혼자 중얼거렸다

내가 살려고 의사가 되었나 남을 살리려고 의사가 되었나

세번째 출옥

형무소 육중한 철문 옆 쪽문이 열렸다
다시 들어오지 마
보안과 담당이 말했다
녀석은 히죽이 웃어주었다 홱 돌아쳤다

기역자도 니은자도 알기 싫었다
글자만 보면 머리가 지끈지끈
간판들
현수막에 쓴 글자들
미웠다 쑥떡이었다

첫번째 1년 반
두번째 2년 특사 1년 반
이번 3년 6개월 만기

첫번째 이름 박철희
두번째부터
딴 이름 김태수
엄지손가락 둘 문질러 지문 없다

감옥 밖은 글자만 없으면 좋은 곳
감옥 안 늙다리 장기수한테 배운 시조 생각이 났다

동창이 밝았느냐

장기수한테 배운 '보리수'라는 것도 생각났다

서대문거리
여자가 지나간다
분냄새가 코를 죽였다
엉덩이가
두 눈을 죽였다
다리가
뱃구레 죽였다

침을 꼴칵 삼켰다

이번 한 건은 특수절도 따위가 아닐 터
강간 및 강도일 터
상고머리 속 흉터가 햇빛 받아 슴베 칼날 반짝였다

도라무깡 술집

그 술집은 문이 없다
그 술집은 벽이 없다
그 술집은 지붕이 없다
그 술집은 목로도 앉을 데도 없다

오직 있는 것은
빈터에
서 있는 미군 휘발유 드럼통 몇개

그 빈 드럼통 둘러서서
막걸리를 마셨다

술꾼도
사기그릇 술잔도 비를 맞았다
술항아리도
술집 아낙도 비를 맞았다

가을 저녁비
절망은 달기만 했다

아 산이 막혀 못 오시나요
물이 막혀 못 오시나요

누군가가 노래했다

여기
저기서
따라 불렀다
1952년 폐허 명동의 청춘!

길 건너는 이북이고
길 이쪽은 이남이었다
남북이 가로막혀 원한 천릿길

비를 맞았다
단벌 잠바
염색 잠바 젖어들었다
살아남은 자들
숱한 죽음 지나
여기까지
터벅터벅 걸어온 자들
비를 맞았다

어디로 갈 데 없는 가슴 뜨겁다
오늘도 누군가를 따라가
하룻밤 신세질
깐딘스끼광(狂)
화가 이청의 봉두난발
비를 맞았다

이청 옆 화가 나병재 딸꾹질하며 비를 맞았다
갈 데 없으면 나하구 가자우
마룻바닥도 괜찮다면
가자우
가서 네 까라마조프 형제들 얘기 데통 들어보자우

태견 이보성

저 고구려 무용총 삼실총 벽화
활갯짓 힘찬
두 태견꾼이 떴구려

신라 석굴암 금강역사상도
태견꾼으로 떴구려

고려
조선 거쳐
1930년대 서울에도
젊은 태견꾼들
윗대패
아랫대패 있어
윗대는 문안의 패
아랫대는 문밖의 패

문안에서도
대궐 가까운 데가 윗대패
대궐에서 먼 데가 아랫대패

서울 윗대패 송덕기
열세살에 태견을 익혀
스무살에는 이름을 날리고
아랫대패 신재영 이경천

구리개패 김홍식 들이 이름을 날렸구려

한번 뛰어오르면
공중의 광대요
한번 발이 떨어지면
차인 맞수가
저쪽 도랑에 박혀 있구려

한자로 수박(手搏) 수벽(手擘) 하다가
훈민정음 이래
순 조선말 태껸이라 쓰고 말하니
쇠낫도 없이
창도
칼도 없이
빈손 빈발로
맞수를 누르고
이내 몸을 막으니
동대문 밖 태껸판은 싸움판이 아니라 잔치판이었구려

태껸꾼 이보성의
아버지 이천수가
임호 태껸을 이어받아
부자 2대
임호의 낚시걸이

안짱걸이
책상걸이로 벌이 되고 나비 되고 남았구려

이보성
일본 순사를 한번 찬 것으로
콩밥 2년 먹고 나오셨구려

그 날랜 낚시걸이 어느 태견 이어오시누

노천 사진사

어디 번듯한 집 있겠나
어디 아늑한
아늑자늑한 방 있겠나
몸은 멍든다
부산 광복동 한복판도 비포장 토사길 아니겠나
양복점
시계점
도장포 앞

벌꿀통 같은 네모상자 세우고
거기
사진 견본하고
사진기 갖추면 되지

하루에 다섯 건만 찍어도 재수가 좋지
재수 옴 붙으면
하루 한번도 손님 없지

사진기에 검정 포장 씌워
펑!
하고 사진 찍으면 되지
15분 완성이라 하지만
반 시간도 월떡 넘겨야 하지

이렇게
즉석사진 시작되어
세상이 차츰 급해졌다
빨리
빨리 되는 사진이 나래 쳤지
뭣이든
빨리빨리 나래 쳤지

구레나룻 사진사
방해종 씨
사진렌즈
피사체
거꾸로 매달린 피사체
예쁜 처녀
구겨진 저고리였다 구멍난 치마였다
예쁜 처녀

펑!

눈감았다
예쁜 처녀

삼강 주막

초가 두 칸 오막살이 토방을 둘렀다
한쪽 처마 밑으로
부엌을 달았다

경북 예천군 풍양면 삼강리 물기슭
내성천물
금천물
낙동강물
세 물이 만나
밤물소리 잠든다

저 아래 경남 김해에서 올라오는 소금배
여기까지 와 잠든다

소금배에는
소금말고도
간생선
연지곤지까지
참빗
어리빗
속옷까지 실려 있었다

저 아래 동래 밀양에서
대구 달성에서 올라온

한양 길손들
여기 와 쉰다
쉬다가
문경새재 넘어간다

삼강 기슭
쓰러질 듯 쓰러지지 않는
주막 한 채

영천전투
다부동전투 이래
전선이 북으로 옮겨간 뒤
다시 소금배들 물 거슬러 올라온다

영감 일찍 잃은 마누라
서러워할 겨를도 없이 외로워할 틈 없이
아이 기르고
술독 묻고
술시중 들었다

오는 사연
가는 사연
저고리 옷고름 푼 적 없이
막걸리 내고

벼락김치 냈다

주모 유연옥 아주머니 친정아버지 이름도 깜빡 잊었다

정운삼

말이 없었다

아침 아홉시쯤
광복동 들머리 2층 밀다원
밀다원 창가 자리에서
회색 시청 청사가 내다보였다

시인 정운삼
시 몇편 발표한
젊은 시인 정운삼

김동리 김구용 김말봉 조연현 들이 우세두세 와 있다

시인 정운삼
언제나 혼자였다
다방 톱밥난로 멀찍이
썰렁한
창가 자리에 있다

부산마저 함락된다는 소문 자자

며칠 전 애인이 떠났다
가족과 함께 일본으로 떠났다
애인이 주고 간 만년필 하나

말이 없었다

창가 자리 눈감고 앉아 있었다
1951년 1월
중공군이 부산까지 밀려오면
제주도로 건너가야 한다고
몇사람이 말했다
그중의 한 사람
교회 신도의 배 타고 간다고 말했다

시인 정운삼
이윽고
페노발비탈 60정
세코사나늄 5정을 삼켰다
물을 마셨다
유서를 썼다

다음과 같다

나는 지금 출렁거리는 바다 저편에서
나를 향해 웃음을 보내는
나의 애인의 얼굴을 본다
그리고 지금 나의 앞에는

나의 친애하는 벗들이
거의 다 모여 있음을 본다
나는 그들이 나를 지켜주고 있는
이 시간 이 자리에서
더 나의 생애를 연장시키고 싶지는 않다
잘 있거라 그리운 사람들
1951년 1월 8일 정운삼

아무도 유서를 쓰는 줄 몰랐다
오랜만에
실연의 시 한편 쓰는 줄 알았다
축음기 음반이 바뀌었다
창가 자리
눈을 감고 있었다
그가 죽은 것을 알았을 때는
응급치료도 소용없었다

화가 김환기가 외쳤다
이 망할 자식아!
이 못난 자식아!

대구 르네쌍스

돌체는 부산으로 피난 갔다
르네쌍스는 대구로 피난 갔다
낙동강전투
포성이 들려왔다
국방부가 부산으로 옮겨갔다
그런데도
음악실 르네쌍스는 대구를 떠나지 않았다

바흐로부터 시작해서
바흐로 돌아오고 있었다
베토벤
차이꼬프스끼 「비창」이 들리고 있었다

미국 신문 일본 신문에

폐허에서 음악이 들린다
전쟁 속에서
음악이 살아 있다고 대서특필 기사가 났다

대구 르네쌍스 뒤
대구 하이마트가 문을 열었다
라흐마니노프가 들렸다
부산에서
콧노래 같은 조병화 시집 『버리고 싶은 유산』이 돌아다니고 있었다

439

박거영 시집 『악의 노래』가 돌아다녔다
전봉건은 그 시집들을 변소 휴지로
부산역전 공중변소에 걸어두었다
전봉건은 대구로 와서
「시인과 농부」를 듣고 있었다

음악은 밥이 아니었다 배고팠다

이중섭

1952년
대구 향촌동 골목 술집
소주 낙동강을 마시고 있었다
이중섭이 토했다
포대령 이기련이
취한 이중섭을 이죽거렸다
야 너에게는 프롤레따리아 냄새가 남아 있어!

이쯤이면
너는 빨갱이야 너는 불그스레한 놈이야라는 뜻

다음날 술 깬 이중섭
프롤레따리아 냄새가 떠올랐다
다음날도
다음날도 떠올랐다
온몸 죄어들었다

대구경찰서 사찰과장을 찾아갔다

나는 빨갱이가 아닙니다
내가 빨갱이가 아닌 것을
과장님이 증명해주시오

친구 구상이 와 그를 데려갔다

세상 도처에서 빨갱이 피해의식이 생겨났다
누군가가
너는 빨갱이다라고 말하면 끝장
누군가가
빨갱이다라고 신고하면 끝장
그런 시대가 한 가냘픈 화원의 공포였다

나는 빨갱이가 아닙니다

빈집

서울 중구 장사동 기와집 두 채가 비어 있다
2차 수복 뒤
그 집 차지하려고
한 사람이 나타나 소리쳐댔다

이 집은 빨갱이 집이다 이제부터 내 집이다

또 한 사람이 나타나 소리쳐댔다

이 집은 내가 살아야 한다
내 동생을
빨갱이가 죽였다

또 한 사람이 나타났다 헌병과 함께였다

나 반공투사 박종식이야 나 몰라!
너희들 꺼져
이 집은 반공투사의 집이야
때려잡자 김일성
무찌르자 공산당

헌병 사돈 박종식이 그 집을 차지했다

거미줄 걷어냈다

문패를 맞춰왔다
사나운 개 한 마리 사왔다
맹견 주의!

비담

폐위된 진지왕계와
투항한 금관가야계의 결합
김춘추의 아내가 된
김유신의 누이 문희로 완성되었다
이로써 상호이익
옛 왕실의 진골귀족을 이겨내고
새 귀족집단의
권력장악 진행되었다

옛 귀족의 영수 상대등 비담 세력이
선덕여왕 내세워
김춘추
김유신 일당을 노렸으나

도리어 그들에게
비담 세력 30여인 칼을 맞으니
이 파국에서
선덕여왕이 떠나니
새로 등극한 진덕여왕 옹립하는 양김의 시대
바야흐로 김춘추 김유신의 시대가 왔다

비담 안이했다
비담 오판했다
비담 무지했다

비담 문약했다

그러나 비담까지가 자주이고
비담 이후는 사대이다
당 연호 영휘(永徽)를 쓰고
모든 제도 당의 제도로 바꾼다
신라는 동쪽의 작은 당
신라 시가는 변방 향가로 행복하기 이를 데 없다

박용구

그래 갈 테면 가야겠지
김순남이 북으로 떠나기 전날
마지막 우정 가득히
송별의 술을 나누었다
달밤에
손 흔들었다

떠나는 김순남
보내는 박용구였다

뛰어난 작곡가와 뛰어난 음악이론가의 이별이었다

며칠 뒤
월북문화인귀순촉구대회가 열렸다
보도연맹 설정식이
북으로 간 임화에게
어서 돌아오라는 메시지를 읽기로 되었다

사상검사 오제도의 요구
박용구에게는
김순남에게 돌아오라는 메시지를 읽으라 했다

박용구는 불응했다 탈출을 결심했다
친구 나운영에게

장서를 다 주었다

남산동 집도 부랴부랴 팔아넘겼다
대구로 가서 숨어 있다가
한달 뒤 통영에서 밀선을 탔다
여기가 일본이라 해서
내려보면 번번이 부산이었다
세번째에야 속지 않았다

그러기 전 그는 부여로 갔다
그곳에서 서울 남산동 집으로 엽서를 띄웠다

나는 세상이 싫다
부여 백마강으로 간다
영원히 나는 이 세상에서 만날 수 없으리라
나를 잊어다오

그 엽서가 도착했을 때
월북문화인귀순촉구대회가 진행되었다
김순남 귀순 촉구 차례
박용구가 나타나지 않자
기자들이
남산동으로 찾아갔다
엽서가 와 있었다

다음날 신문들마다 대서특필이었다
박용구 씨 백마강에서 투신자살!
박용구 씨는 삼천궁녀의 뒤를 따랐다!

일본 동경거리 걸어가고 있을 때
지난날의 상해 시절 친구 고마끼를 만났다

박용구는 일본에서
한국전쟁을 바라보았다
북으로 간 친구
남에 있는 친구
멀리서 그리워했다 잊어갔다

그러나 그는 한반도에서는 죽은 사람이었다

요지경

도시에 돌아왔다 사람들
무너진 집들
없어진 골목들
거기에 돌아왔다 사람들
한쪽에 쌓인 벽돌 무더기
한쪽에 모인 쓰레기들
하수도도 없이 도랑물이 썩었다

그런 곳 빈터 하나

쉰살짜리
예순살짜리
살아남은 사람 초라했다 벙벙했다

요지경 한 대가 왔다
요지경 속
현란한 오색 어지러운데
너도나도
두 눈 대고 빠져보았다

모진 전쟁 뒤
요지경 속 빠져보았다
한 번 보는 데 5원

삼선교 임직수 영감
오늘도
종로 단성사 앞에서
삼선교까지 걸어와
삼선교 밑
요지경을 본다

허허
허허
하고 아이처럼 좋아한다

내일은
외손자 녀석 데리고 와야겠다

아들 며느리
손자는
공습으로 죽었고

딸 사위
외손자는 죽시 않았다

그림 속의 아이들

해방 뒤 원산
이중섭의 아이가 죽었다
이중섭은
친구와 함께
시미즈 골목에서 술을 잔뜩 마셨다
5전짜리 동전 하나면
키스 한번 할 수 있는 술집이었다
한 여자를
두 사람이 번갈아가며 키스

집으로 왔다
아이 시체가 홑이불에 덮여 있다
이중섭은 아내더러
옷을 벗으라 했다
알몸의 아내를 가운데 두고
두 사람이 누웠다

밤중에 이중섭이 일어났다
도화지에 그림을 그렸다
뛰노는 아이
물구나무선 아이
웃는 아이
우는 아이
기어다니는 아이

452

서 있는 아이

그 그림들을 아이 시체에 매달았다
딸랑딸랑
쇠방울과
아끼던 자기그릇 하나도 매달았다
저승에 가서
동무들하고 놀라고

다음날 아침 아이의 관
두 사람이 들고 산으로 갔다

전쟁 뒤
이중섭은 부산에도 있다가
통영에도 있다가
바다 건너
제주도 서귀포에도 있었다

도화지에 아이들을 그렸다
게와
소라와
갈치와
도미
그리고 바다 위 갈매기도 그렸다

게 발가락에 물린 아이
갈치에 감긴 아이

게였으면
소라였으면
갈치였으면
갈매기였으면

구상

전쟁 3년을 위하여 그는 존재한다
후퇴의 대전
후퇴의 대구에서
그는 존재한다

이중섭을 살피고
오상순을 살피고
서정주를 살폈다
또 누구도 살폈다
살피는 것이 그의 사명이었다

대구 말대가리집
석류나무집 감나무집
언제나 그의 웃음소리가 찬란하다

누구보다 먼저 최전방에 그가 존재한다
인천상륙 당시
9월 15일
그는 인천의 한 인쇄소를 찾아가
국방부 선난 「승리」를
『승리일보』라고 바꿔 발행
전선에서 창간한다

'UN군 드디어 한반도 통일로!'

'인천상륙은 바로 통일의 첫걸음!'
'국군장병은 파죽지세!'
'자유대한의 국군 전진 전진'
'화랑용사는 백두산까지'
이런 제목이 전선의 『승리일보』를 메웠다

아직 수복되지 않은 서울에 뿌렸다
미군 수송기 타고서
적의 대공포화 무릅쓰고 뿌렸다

9월 21일
그는 유엔군과 국군 해병
국군 육군과 함께
선발대로 경인가도를 달렸다
서울 입성

그는 문관인데 구소령 구소령이라 불렸다
9월 21일
모든 사람이 서울 수복을 믿지 않을 때
수복된 서울거리에 그가 맨 먼저 존재한다

오늘도 그는 전선에서 후방의 술집에서 동시에 존재한다
모든 부재 속에서
적군의 무덤 앞에서

탄피종

시퍼런 하늘 혹한
바람 한점 못 오는 하늘 혹한
그 혹한 속
종소리 냉랭하게 끊겼다

춘천

1950년 6월 하순
1950년 10월 하순
1951년 1월
1952년 1월
그 격전들이 지나갔다

봉오산 밑 새로 세운 사립중학교
부흥중학교

포탄 탄피로 만든 종을 쳐서
조회가 시작되었다
수업이 시작되었다

종소리는 아무 울림도 없이 공중에 기역 키읔 박혔다
종소리는 아무 그리움도 없이 공중에서 후닥닥 지워졌다

부흥중학교 1학년

장차 제1회 졸업생이 될
김학현
폭격으로 오른팔 잘려나가
왼손으로 글자 쓰고
왼팔로
가방을 들었다

따불 명순이

묵정동 사창골목
명순이는 소문났다
미인 창녀

긴밤 자러 오는 손님 많았다
긴밤 손님
잠재워놓고
다른 방으로 갔다

또다른 방으로 갔다

밤중에 깬 긴밤 손님이 소리쳤다
이년
이년 어디 갔어
이년 따불로 뛰는 것 다 안다
이년

나무 코트* 입고 나갈 때도
따불로 뛸 년

그러나 다른 방에서 돌아온 명순이
코맹맹이 말 한마디면
그 험한 욕 퍼부어대던 손님
꿀 먹은 벙어리 된다

다시 그러지를 마

세상은 온통 잿빛인데
묵정동 명순이는
꽃

세상은 온통 통금시간 어둠인데
묵정동 미인은
비에 젖어 껌벅이는 불빛

아 살아야 한다 여기

* 관(棺)의 은어.

두 사람

1950년 9월 29일

어제 서울은 인공 3개월이 끝났다
도망간
대한민국이 왔다

아직 텅 비었다

광화문 네거리
종로 1가에서 절룩거리며 한 사람이 갔다
신문로 쪽에서
남루한 한 사람이 왔다

그들이 네거리 복판에서 만났다 모르는 사이였다

무려 30여분을
서로 이야기를 나누었다
살아온 것을
숨어 살아온 것을
서로 이야기하고
서로 이야기를 들었다

혼자 산다는 것이 얼마나 괴로웠더냐
혼자 살아남는다는 것

얼마나 절망이더냐

두 사람은 담배를 나누어 피고 또 만나자며 헤어졌다
네거리의 한낮
쥐 한 마리 없다

진태 할아버지

할아버지는 나라 잃은 날 엉엉 우셨다

이듬해 정월 대보름날
할아버지는
더위를 팔아야 한다면서
해 뜨기 전
삽살개에게는
동쪽으로 뻗은 복숭아나무가지테 걸어주셨다
소에게는 왼새끼 꼬아 목에 걸어주셨다

손자더러
울 밖으로 나가
만나는 사람에게
내 더위 하고 말하라 하셨다
그 사람이
내 더위 하고 먼저 말하기 전에
네가 먼저 말하라 하셨다

손자는 할아버지께 말했다
내 너위
할아버지가 예끼놈 하고 껄껄 웃으셨다

언제는 울고
또 언제는 웃고

명동 나정구

폐허 명동에는 술 취해 쓰러질 자유가 있다
벽돌조각
벽 시멘트조각 사이
수북한 거웃 억새
거기 마음껏 오줌 갈겨댈 자유가 있다
과거는 화려했고
현재는 거지라고 허세를 부릴 자유가 있다
예술가 옆에 있으면
대번에 예술가가 되는 자유가 있다

신장 1미터 85센티미터의 김환기 화백 옆에 있으면
이조백자 항아리를 그린
현대화가가 되었다
이상의 전처
김환기의 현처 김향안 여사 옆에 있으면
멋진 수필가가 되었다
줄담배 피우는 이명온 여사와 함께 걸어가면
수필가 겸 왕년의 여기자가 될 수 있었다

박인환이 죽었다
목마와 숙녀 버지니아 울프 운운의 도시파 시인이 되었다
의용군에 갔다가
거제도 수용소에서 나온
김수영과 악수하면

전후파 시인이 되고 말았다

폐허 명동에서는 진짜도 가짜도 하나인 자유가 있다

여기저기 술자리에 끼여 있는
술꾼 나정구는
오늘은 시인
내일은 수필가였다
또 모레는 무엇이 되나
술이 들어갈 입만 있으면
주점 포엠이나 은정에 들어가
어느 자리에 끼어들 자유가 있다

아 대한민국 폐허 명동에서는
온갖 과장과 허세의 자유가 있다 죽은 시대의 주술의 자유가 있다
나정구 속주머니 돈 있고
겉주머니 비었다
아 한가닥 가책 필요없는
공짜술의 자유가 있다

그 주검

그라망 전투기 편대 간 뒤
하늘 우둔우둔한 두근거림 가득하다
소사 근처
경인가도 황톳길
한쪽 신발 신긴 채
노파의 주검이 있다

1950년 9월 29일
지프들 지나갔다
스리쿼터가 지나가다 멈춰
노파의 주검을 도랑에 밀어내고 갔다

누구의 어머니인가
누구의 할머니인가 따위
알 바 없다

인천을 되찾았고 서울을 되찾았다
누구의 아내였던가 따위
알 바 없다

우랄알타이어족의 한 목숨
썩어 파리 내려앉았다

이학구

장차 인민군 대장이 되는 것이 꿈
차수가 되는 것
원수가 되는 것이 꿈
주도면밀한 장교였다
1950년 6월 25일 새벽
그의 삼팔선 이남 진격은 혁혁했다
과감한 지휘관이었다

그해 여름날
인민군의 낙동강 도하작전
유엔군은
워커라인 사수작전
그 운명의 전투는 치열했다

이학구 중좌
그 전투에서
전혀 다른 운명의 군인이었다
인민군 2군단 작전부장 이학구
낙동강 도하작전
13사단 참모장

결사적이었으나
필사적이었으나 인민군은 지고 있었다
9월 20일

참모장 이학구는
사단장 최용진 소장을 쐈다
총알이 빗나가 팔을 쐈다
유엔군에 투항
거제도 일반포로수용소에 수용되었다
인민군 포로들이
그를 배신자라고
인민의 역적이라고
때리고 차고 담뱃불로 지졌다

그는 눈물을 흘리며 목숨 살려주면
다시 조국과 인민을 위해
끝까지 투쟁하겠다고 호소
포로들은 그를 살려 앞잡이로 삼았다

인민군 포로 속에는 장군도 있었다
총좌 중좌도 있었다
그러나 앞잡이로 내세운
이학구가 가장 높은 계급이 되었다

포로수용소 소장 도드를 납치하고
반공포로를 학살하고
수용소 한쪽 파괴했다
거제도

남해 거쳐
지리산
태백산을 연결하는 유격작전을 세웠다

휴전 뒤 포로교환으로
북으로 갔다
곧 처형되었다
기이한 연극이 끝났다
그의 가족 생사여부 묻지 마

홍사준

한 작가의 꿈은 빛났고 삶은 짧았다
이목구비 준수한 사나이
홍사준
인공 3개월
그는 문학의 별이었다

북의 작가들에게 격찬의 대상이었다

청년작가 홍사준의 단편 「사슴」은
프롤레타리아 문학의 전형이라고 예찬되었다
서울에 내려온
안회남
이원조
이기영
박태원의 격려가 잇달았다
그들의 추천으로
평양 여행의 영예를 누렸다

1950년 8월
그는 평양에 다녀왔다
좌익에서 우익으로 돌아섰다
평양은 환멸이었다

나는 우익입니다

나는 평양의 실상을 보았습니다
내가 우익이라는 것을
여러분에게 알려주시오
나는 삼팔선 이북을 저주합니다

수복 후 그는 부역자로 검거되었다
김동리가 그를 구제하기 위해서
경찰과 검찰을 찾아다녔다
그는 갇혀 있다가
공포 때문에
불안 때문에 탈출 결심

탈출하다 피살되고 말았다 이슬이었다

조금 참고 있었으면
심사 뒤
풀려났을 터
그의 문학이 한껏 피어났을 터

인공 시절 실지면 노천명도 풀려났는데

국민학교 운동장

한떼거리 먼지가 운동장을 휩쓸어간다
가녈 풀들 뽀오얗다

우리의 맹세
우리는 대한민국의 아들딸 죽음으로써 나라를 지키자
....
....
미동국민학교 운동장
바람 부는 날 어린이들 모여 있다
다 죽어가는 줄 알았다
다 죽어
세상이 텅 빈 줄 알았다
그 전쟁 뒤
폐허가 된 학교 마당
하나둘 살아서 돌아왔다
학기가 시작되었다
국민학교 1학년 신입생 어린것들
새로 왔다

머리에 모자 쓰고
가슴에 번호 달고
강단 위 선생님의 지시가 있자
네!
하고 일제히 합창으로 대답

이렇게 살아 있다
이렇게 자라나고 있다
그 포성 속에서
그 폭격
그 굶주린 후방에서
이렇게 어여쁘게 자라났다

태윤희
장차 국악 아쟁 명수가 될 아이

서대문우체국 뒤 구멍가게
태을식이 딸
태윤희

지금 코에 콧물 한 발 달고 있으나
단발머리
퍽도 단정
고사리손 자주 움직였다
주사 암산도 써 잘힌다 심부름노 똑바로 잘한다

두 젊은이

신라 진평왕 시대

빼어난 젊은이
귀산(貴山)과 추항(箒項)이
바다 건너 뭍 건너
수나라 공부하고 돌아온 원광법사를 찾아갔다
서라벌 처녀들 가슴 떨었다
두 사람 그런 처녀들 쳐다보지 않았다

가다가 쉬며 가다가 쉬며
호거산 가실사 원광법사를 기어이 찾아갔다
세속오계를 받았다

임전무퇴 맹세
아버지 무은의 전투에서 귀산이 전사했다
추항도 전사
나라의 아름다움이라고 왕이 울었다

귀산의 무덤에
친구 추항이 귀신으로 밤마다 왔다
무덤 속에서
귀산이 나와
생전 그대로 도란도란 얘기를 주고받았다
달밤 혹은 달 진 밤

강물

1950년 10월 26일
국군 6사단 7연대 수색대가
압록강에 도달했다
대장 오연재 특무상사가 만세를 불렀다
대원 이필재 중사가 울었다
아버지! 제가
압록강에 왔습니다

압록강물을 수통에 가득 담았다
사단장 긴급지시로
전령을 시켜
그 수통을 서울의 대통령에게 보냈다

전령이
중공군에게 피격
압록강물도 내동댕이쳤다

그래서 압록강물이 아니라
저 아래
임진강물을 수통에 담아
압록강물이라고 진상했다

대통령 '이 물이 압록강물이라고?'
사단장 '네 각하 6사단 수색대의 장거입니다'

대통령 '기특하구먼'
사단장 '이 물에는 각하의 뜻이 담겨 있습니다'
대통령 '그래 그렇구먼 자네 수고했어'

좀도둑 유강철이

서울 만리동 고개
다닥
다닥
다닥집들 안개 걷혀 못난 얼굴들 드러난다
오늘도 아무 일 일어나지 않았다
이웃집 누구도
동네 누구도 죽지 않았다
어제는 옆집 도둑이 들었다
양재기 몇개
석유 채워둔 한말들이 석유통 도둑맞았다

만리동 넘으면
중석불사건
비료사건 따위
큰 도둑은 자랑스럽다 걸짜로다

기껏해야 남의 집 개밥그릇이나
석유통이나
신발이나 가져가는
좀도둑이야 기껏해서 소구잡이라

좀도둑 유강철
어릴 때
맨발로 제기 2백30번까지 차고

동네방네 영웅이었다
유강철
이제는 동네 외톨박이
새벽 통금 싸이렌 뒤 좀도둑질 나선다

한 달에 두어 번 나선다
절대로
큰 물건
비싼 물건은 건드리지 않는다

어둑새벽 그 매서운 공기가 좋았다
새로 갈아놓은 매캐한
연탄냄새가 좋았다
무엇보다
깨어 있는 사람들 없는 그때가 좋았다
오늘은 덜 마른 염색군복 바지 하나를 걷어왔다
비싼 것이 아니었다

손두섭 영감

아주 옛날 완적과
옛날 임격정이와 달리
눈에 흰창이 아예 없다
아니 눈에 눈동자 아예 없다
눈동자와 흰자위의 경계가 없다 섬뜩

겨울 난바다
그 고래등짝 여울에
눈동자고
뭐고 다 녹았다
여름바다 그 타는 땡볕 자외선에
눈 흰창이나
등짝도 다 녹아버렸다

울릉도 밖 대화퇴 바다
거기 퍼덕이는 고기
실컷 건져와도

보름 뒤
묵호에 돌아와보면
이것
저것 떼고 나면
다시 빈손

에라 정읍식당 가서
소주 한 되에
비린 국물 한 대접
목로에 고개 처박는다

이봐 손영감 또 술이여
함께 배 타는
백기술 영감이 일으켜세우려 애쓰다가
발길로 찬다

벙거지가 벗겨지면 더 늙어버린다
옷 속의 이들
슬슬 기어나온다
술집 안은 따뜻하다

오직 파도소리만 강하다
밤중에는
간첩선 찾는 탐조등 불빛 막강
밤중에는 술 깬
손두섭 영감 부스스 눈뜬다
흰창 없다

한강 빙판 강태공

1951년 2월이면 어림없지
1952년 2월이면 어림없지

1956년 2월 그제야
한강철교 밑 빙판
기다리고
기다리던 빙판

한강 결빙 얼음 두께 16센티

삼청동에서도
홍릉에서도
문화동
약수동에서도
신촌에서도
한남동에서도
겨울 강태공들이 잦춰왔다

얼음구멍 뚫어
줄낚시 세 틀 네 틀 놓았다

하루 내내 몸 얼어들어도 마음에 꽃 핀다
2주일간
붕어 2백 마리 잡아올려

원효로 붕어탕집에 넘겼다
강태공 방주삼 옆에서
한 강태공이 뇌일혈로 죽었다

얼마나 좋아
이렇게 신선놀음 빙판낚시 삼매중
저승 갔으니

이렇게 말하는 사람 있다

쯔쯔
죽을 데가 없어
하필 한강 빙판에서 죽어

이렇게 말하는 사람 있다

잡혀라
떡붕어
잡혀라
떡붕어

개털모자 쓰고
물부리에
담배 재어 물고

방석받침 위에 앉았으니

주공께서
불러도 그만
안 불러도 그만

잡혀라
떡붕어
용산 후암동 사기꾼 방주삼
붕어낚시 때는 절대로 사기꾼 아니다
쨍그랑 깨어질 듯 언 하늘 밑

박헌영

한밤중 눈뜨고 잠든 사람

그의 얼굴은 언제나 가면이었다
둥근 안경조차도
조직의 천재
음모와 지령의 천재였으나
남에서 실패했고
북에서 패배했다

테제의 고독

때로는 자칭 정신이상자였고
때로는 벽돌공
때로는 김가였고 장가였고 오가였다
때로는 후보당원이었고
때로는 관 속의 송장
관 속의 송장으로 북으로 갔다

오직 위장만이 삶이었다

조선 공산주의운동의 종합이었고 종말이었다
슬퍼라
20세기 전반 조선은 스파이로 내몰린 혁명가가 있어야 했다
그의 안경 몰수되었다

울릉도 벼랑 밑

바다 건너 울릉도 벼랑 밑 투막집에 살았더란다
바우

머리 딴 총각
예순살 넘어도
총각

저 아래 도동 사공들 올라와
궂은일 다 시켜도
예
예
예
그 대답밖에 몰랐더란다

혼자 벼랑 밑 사흘 앓다가 죽자
꿩도 오고
오소리도 오고
다람쥐도 오고
북으로 가던 철새도 내려와
늙은 바우의 주검 둘레에 앉았다 가더란다

하느님

견벽청야(堅壁淸野) 작전 11사단은 토벌사단이었다
1950년 12월 6일
20연대 2대대 5중대 소속 25명
전남 함평군 월야면 정산리 장교마을에 나타났다
난사하는 총성
집집마다 불질렀다

살고 싶으면 어서 나오라
나와 모여라

모이자
26명이 기관총탄에 풀풀 쓰러졌다
두살배기 젖먹이가
주검 속에 살아 있었다

다음 마을 동촌마을에서도
30여명 노인들 쓰러졌다

1950년 12월 7일
월야면 내동 송계 동산 등
일곱 마을 덮쳤다

집집마다 불질렀다
7백여명이 모였다

2백명을 골라
기관총 3정
M1소총이 불을 뿜었다

중대 지휘장교가 말했다

살아남은 사람은
하느님이 돌봐주신 것이니
모두 살려주겠다고

이 말에 주검 속에서
살아 있는
53명이 일어났다

장교가 사격명령을 내렸다

다시 그가 말했다

이번에 살아남은 사람은
진짜 하느님이 돌봐주신 것이니
빨리 동네로 돌아가라 했다
11명이 일어나
동네를 향해 뛰어갔다
그러자 등 뒤에서

기관총이 불을 뿜었다

다 쓰러졌다
두 사람 양채문과 몇사람이 살아 있었다
양채문은 의식을 잃었다
의식의 절반
끝내 돌아오지 않았다
살아남아
정신이상으로
동네 뒷산 떠돌았다

하느님
하느님
하느님만 찾으며 떠돌았다

지창수

여수순천사태 첫걸음에 한 사람 있다
여수 주둔
국방경비대 14연대 연대 인사계
상사 지창수가 있다

빠른 두뇌회전
과묵
얼굴은 돌덩어리나
날마다 면도를 한다

1948년 10월 15일 흐림
여수 앞바다
진한 암회색

10월 19일 오후 여덟시를 기해
1개 대대를 제주도에 출동시키라는 명령이 왔다

19일
제1대대는 출동준비 완료

잔류부대
제2대대
제3대대는 출동부대 전송준비 완료

이에 앞서 지창수 상사가
대대 세포 40명에게
무기고
탄약고를 점령할 것
비상나팔을 불 것을 지시했다
여덟시였다
아홉시에는 항구에서 LST를 타야 했다

연병장에 지창수 상사가 나타났다
그가 큰 소리로 말했다

지금 경찰이 우리에게 쳐들어온다
경찰을 타도하자
우리는 동족상잔의 제주도 출동을 반대한다
우리는 조국의 염원인
남북통일을 위한다
지금 북의 조선인민군이
남조선 해방을 위해 달려오고 있다
38선을 넘어
남진중이다
우리는 북상하는 인민해방군으로 행동한다

그러자마자
옳소

옳소
옳소 하고 환호했다

총과 총탄 지급되었다 지창수 앞장섰다
이른바 미제 앞잡이 장교들을 모조리 쏴죽였다

경찰을 쏴죽였다
여수는 그들의 차지
총지휘 소대장 김지회
순천도 그들의 차지 여순사태가 시작되었다

방호산

젊은날 혁명이
오직 살아 있는 이유
숨쉬는 이유였다

대륙의 싸움터
총을 사랑했다
조국으로 돌아왔다

3년 전투

군복이 벗겨졌다

숙청 총살형 전날 밤 꿈속
어린 시절 개울가였다
총을 사랑한 일생 총으로 끝났다

눈 가리기 사절 맨얼굴 정면으로 총 맞았다
남은 아내는 즉각 이사 명령을 받았다 남편 시신도 못 찾았다

왕십리 할멈

왕십리 미나리밭
비 오면
목마른 미나리 뿌리들 춤을 춘다
미나리밭 할멈
마른 가슴속 춤을 춘다

전쟁 갔다
개구리들 다시 울어대는 밤
앞니 둘 빠져
말이 나올 때마다
헛말

늘 눈웃음이라 눈뜰 사이 눈감을 사이 없어

오두막 천장에
아들 형제
스물아홉 노총각
스물다섯 둘째 숨겨두고
인공 3개월
용케 넘어갔다

함경북도 인민군이 와서
미나리가 무슨 풀인지 물었다
피를 맑게 하는 풀이라 일러주었다

미나리 따위 사는 사람 없는 여름이 갔다
밥은 숨긴 두 아들에게 주고
할멈은 미나리만 뜯어먹고 살았다

두 아들 의용군으로 끌려가지 않았다
늘 웃었다
이빨 빠진 헛말 에돌려
어려운 시절 넘겼다

두 아들 어디 갔느냐 다그쳐도
헛말로 얼버무렸다
웃었다
미나리는 푸르렀다

기억들

씨멘트 바닥
씨멘트 포장지는 절망이 아니다
월간지
『명랑』
『희망』
『야담과 실화』
그리고
『민사소송법』 들은 절망이었다

신문지라도 여러 장이면 이불이다

안호상 일민주의 한 장 한 장은 절망이다

자전거 튜브는 어디에도 없다
헌 튜브
헌 여자
찌그러진 양재기
고무신짝
미군 씨레이션 박스 안에 남은
조콜릿 냄새
임신부의 구역질
4미터 높이의 철조망
쌀 한 말 2천환
폐결핵 3기로 누워 있는

소년 김칠복

어제도 없다 내일도 없다
오늘은 오늘이 아니다
핏덩어리 다 뱉었다 뱉을 피 없다
철조망에 전기가 흐른다
만지지 말 것
죽은 여맹 부위원장 김인숙 누나 생각

밤 기적소리와 함께 그는 가고 있었다
어디론가

어디론가 가서
무엇이 되고 싶었다
그동안의 절망에 감사한다
눈 떴다 아주아주 감았다 어느 생애

귀향 죄인

본관(本貫)으로 돌려보낸다
귀향

고려시대 유형

고려 광종 개혁시기
백인 관료들 궐내에서 학살되었을 때
황제의 사랑 받던 문신 최당무는
너그러이
귀향에 처한 바
옛 고향
충청도 가야산으로 돌아갔다

왕도의 영화 끝나고
향토의 빈궁 속
귀향 다음날부터 굶기 시작
하루가 너무 길었다
어디 사람 다음의 짐승이 따로 있으랴
거미줄의 거미를 부끄러움 없이 잡아먹었다
날뱀을 집아먹었나

옛 고향사람들 물 뜰 바가지 하나 주지 않았다
역적이라고
역적의 이웃 되기 싫다고

비린내 나는
새우젓 한 접시 얻어먹지 못했다

외로움은 외로움밖에 동무가 없다
달밤
거문고 없는 밤

건넛마을 술집 거문고소리
바람에 실려오면 좋겠다 벙어리 같은 불빛만 와주었다

꿈속에서
황제가 오라고 불렀다
꿈 깨자 배고프고 목이 더 갈라졌다

내일에는 숯이라도 되자
숯불 뒤
재라도 되자

뻥튀 할아버지

슬픔이야 아래로 아래로 내려간다
내려가 발바닥이 두꺼워진다
지영감
전선에 자식 바쳤다
후방에 병든 마누라 바쳤다
오늘도 벌써 열한 마을째 돈다
느린 해 설핏

쌀 한 되 튀겨달라면
아무렴
하고 튀겨준다

슬픔이야 속으로 속으로 잠긴다
밖에 나오는 슬픔 막고
속의 슬픔
속의 눈물 가슴 밑바닥 밤이 된다

쌀 반 되에
쌀튀밥 서 말
옥수수 한 되
옥수수튀밥 다섯 말 나온다

풍구 돌려
펑! 하고 폭발하면

모여든 아이들
귀를 꽉 막는다

지영감 수염자국 흰 별빛 어린다
손자도 없다
아들 입대
넋으로 긴가민가 유골로 돌아왔다
시집간 딸이 빨래하러 온다
내일

이승만 사진 벽보 바라보았다
너무 늙었다
인공 시절
김일성 벽보 바라보았다
너무 젊었다

시골 영화관 간판 최은희 눈이 컸다
시집간 딸이 일주일에 한번 떡 사가지고 온다
내일

권진규

일본인 아내 두고 왔다
잃은 사랑

혼자 흙을 만졌다
혼자 돌을 팠다

서울 동선동
조각가 권진규의 방

조각들이 주인이고
조각가는
한구석 야전침대 모서리에 걸터앉은 손님이다

한 조각 소상이 저절로 숨쉰다
한 조각가는 숨가쁘다

아무래도 예술에는 벼랑이 있나보다
그 벼랑 피하지 않고
한발 디디었다
오랜 죽음의 꿈

세상이 미워서도 아니고
자기가 미워서도 아니었다 오랜 꿈

연인

1953년 겨울
지리산이 우선 목표
지리산으로 건너가는 길
임실 군당이 선(線) 떨어진 채
능선에서 흩어졌다
회문산 유격대가 궤멸되었다는 소식이 왔다
밤 행군의 발걸음 무거웠다
지리산 비트도
토벌대의 습격을 받았을 터
지금
근위 6사단 102부대 어디 있을까
그 병단도 습격받았을 터

밤에는 칡넝쿨 잘라 초막을 엮었다
소나무가지로 지붕을 씌웠다

장안산 일대는 토벌대 자취뿐
어둠이 왔다
횃불이 올라왔다
토벌대의 횃불

무작정 뛰고 걷고 기었다
바위 밑에 몸을 의지했다 거기
내 옆에서

선 떨어진 두 사람 떨고 있었다

눈보라 속
두 사람
여대원 강순옥과
인민군 패잔병 장관호 동무였다
다른 대원들 어디로 갔나

내가 말했다
우리는 놈들의 함정에 빠졌소
더이상 헤맨다는 건
체력이나 허비하는 일이오
여기서 상황을 살핍시다

잠이 왔다

산 밑에서 확성기가 울려왔다
너희들은 포위되었다
순순히 손들고 나와라
조국 대한민국의 품에 안겨라

잠결에 들려오는 소리였다
먼동 틀 무렵

내가 두 사람을 살펴보았다
동상으로 두 손은 시퍼렇게 변했다
발싸개도 벗겨져 맨발
서로 껴안은 채 움직이지 않았다
흔들었으나
꼼짝하지 않았다
간밤 추위에 얼어죽은

남쪽의 여자 강순옥
북쪽 사내
산중 행군중 사랑했던 것
사랑하다
죽은 것
여한 없었다

비트는 멀지 않았다
거기까지 가지 못하고
죽은 것
여한 없다

한산선사

충남 개심사 솔밭에 솔잎들 한숨들 깔렸다
한 시절
박헌영의 친구인
한산선사

덕숭산
가야산 머물다가
어느날 탁발승이 되어
내포평야 저녁길을 돌았다
눈보라의 밤
삼거리에는 으레 주막 하나
거기서 다시 친구 박헌영을 만났다

친구가 떠난 뒤
친구의 여자가 낳은 아이를 맡아
향천사도 들르고
개심사도 들렀다

그러다가 자라난 아이 놔두고
어디론가 갔다

혁명가도 무소식
혁명가의 친구도 무소식이었다

그따위 무소식으로
저녁하늘 낙조는 붉게 타고
가을 국화는
숨차게 희디희다

한산선사 어디론가 가고 없다

5학년 구만서 군

다시 전차가 다닌다 가끔 합선 섬광 빗발치며
목쉰 퉁소소리 내며
전차가 다닌다

전차는 행복이다

남대문에서 을지로
마포에서 동대문
다시 전차가 다닌다
돈암동 종점

두 번 인민공화국
다시
대한민국

대한민국의 일상이 시작되었다
전차 안
손잡이 위 광고들이 제법 붙었다
제창한의원
에비오제
폐병에는 리사정 한의원
명랑 두통약
멸공
해병대 모병 광고

전차를 탔다
중절모도
나일론 원피스도
몸뻬도
할머니의 통 큰 치마도
핫바지도 탔다

까까머리 덕수국민학교 5학년
여섯 놈도
전차에 올라탔다
떠들어대다가
곧 조용해진다

전차는 행복이다

덕수국민학교 5학년 구만서 군 눈이 커졌다
저쪽에서
한 바지가
한 치마의 핸드백을 열었다
뭔가를 꺼냈다

소리칠까 말까
구만서 군

용기를 부려 소리쳤다
도둑이다!

전차가 멎었다 전차 속 시끌벅적

소매치기 둘
닫힌 문 열려고 살기등등 바둥댄다
전차문 발길로 찬다
중절모가 하나 잡고
핫바지가 하나 잡았다

을지로 3가

이쾌대

1948년 작
「군상」을 보았는가
민족
그리고
인간의 얼굴을 보았는가

그림 하나가 백년의 역사인 것을 보았는가

예언의 예술가는 괴로웠다
월북
국군 포로였다가
남북 포로교환 때
다시 월북

그리고 어디로 사라져갔다

실존주의자 정찬영

청주중학교에서
선배 천관우의 성적 기록을 넘어섰다
무심천 둑에서 수군거렸다
저기 천재가 걸어간다
저기
천재 정찬영이 걸어간다

1950년 여름 의용군에 강제징발되었다
의용군 탈출
그러나 수복 후
의용군으로 낙인찍혀
고향에서도
서울에서도 살 수 없었다

아무도 몰라보는 중부전선으로 갔다
백마고지 언저리
철의 삼각지 언저리
미군의 사설 통역이 되었다
영어가
그의 살길이었다

가평
철원
신탄리

운천으로 이동했다

미국 펭귄북 탐독
실존주의 철학에 홀렸다
전선에서
야전막사에서
포탄 작렬하는 곳
총탄 퍼붓는 곳에서
천재는 실존했다

수첩에는 온통 실존이었다
실존은 개념을 거절한다
실존은 장난감이 아니고
실존은 실존이다
실존은 과거도 아니고 미래도 아니다
따라서 현재도 아니다
실존은 본질에 선행한다
실존은 실존이 아니다

국군위안소가 미군위안소로 바뀐
운천 텍사스에서
한 양공주를 만났다
안나 킴
본명 김희자

그녀에게 늦은 동정을 바쳤다

통역 월급 그녀에게 바쳤다
미군 장교가
그를 해고시켰다
신원조회에 의용군이 드러난 것

일자리가 없어졌다
안나 킴과 헤어졌다
펭귄북만 싸들고 후방으로 돌아왔다

어디 가나
의용군 낙인이었다

한국 최초의 실존주의자 정찬영은 단명이었다

이정이 가족

북한 진남포에서
남한 충남 홍성까지 걷고 걸었다
피난길 스무 날
걷고 또 걸어왔다

이정해
이정이 자매 앞세운
어머니와 아버지

온종일 굶고 걸었다
우물이 있으면
물을 떠마시고 걸었다 살 에는 추위였다

미군이 무서웠다
똥 누어
똥을 옷에 발랐다

남의 집 부엌 아궁이
검댕이를 얼굴에 발랐다
어머니는
에미거지이고
딸들은 거지새끼

몸에서 똥냄새가 났다

미군 대신 개가 따랐다

우람한 아버지도
함께
검댕이 얼굴 입속의 이빨이 강했다

눈보라 치면
마을을 찾았다
마을 헛간
빈 외양간이 살려주었다

천릿길 걸어
충남 홍성에 와 주저앉았다

1·4후퇴
중공군이 그곳까지 내려오지 않고
삼팔선 근처로 밀려갔다

산과 들의 홍성에서 삶을 시작했다 큰 병원도 샀다

처녀 이정이가 시집가
시인 김영무의 아내였다 미사시간 늦지 않았다

김달봉

수복 후 명동은 반파된 건물 몇개 남겼다
오직 무사한 것은
명동성당뿐
성당 옆 폐가에
어느날부터 사람들로 북적거렸다

남루한 옷차림이지만
처녀들
입술 부푼 처녀들
전선으로 보낼 위안부들

접수처 서기 김달봉은
병역 면제받은 자
맹장수술 흉터 말고
등짝에도 긴 흉터 있다

그는 몇가지 주문을 받았다

×사단장 부관의 부탁
사단장을 위한 아다라시
×장군을 위한 아다라시
×사령관에게 진상할 아다라시
×소장에게 꼭 육체파를

김달봉은 부탁과 함께
돈도 받았다
중고 지프차 명목으로
6개월 탄
아다라시 지프차도 받았다

김달봉은 그런 부탁에 앞서
아다라시 예비검사
밤 숙직실로 불러들인다

대한민국 별님네들
다 내 손아랫동서로다 껄껄껄

공창렬

20연대 2대대 5중대 분대장
공창렬

대대장의 명령이 왔다
하루에
공비 50명 이상 사살하라
하루에
공비 무기 50점 이상 노획하라

함평 공비토벌
공비들
노령산맥으로 도주했다

공분대장은
3일 동안 합계 122명 사살
공비 3명
민간인 119명

무기는 버려진 죽창 몇개
삽 괭이 쇠스랑 낫 도끼 등
농기구 75자루

공창렬 얼굴은 우락부락
목소리는 단발머리 계집애 목소리 메조소프라노

무공훈장
가슴팍에 달았다
대원들의 축하연
독한 소주 일곱 병

또 사살하고 싶어 죽겠다
명령을 기다리고 기다렸다

방순경 아내

여수순천반란사건 직후
그 처참한 학살
저쪽 학살
이쪽 학살
초토에 봄이 왔다

아기 업은 아낙
시체
시체 하나하나 찾아다닌다
남편은 없다

시체로라도 남편이 있기를 빌었다
울음도 무슨 개같은 슬픔도 필요 없었다
아기 업은 띠가 풀어지는 줄도 몰랐다
난데없이
회오리바람이 광목치마를 훌렁 추켜올렸다

썩은 시체로라도 남편이 있기를 빌었다

그런 세상 어린 참붕어들 자라나
조용해진 개울 속에서 놀고 있다

방일수 순경의 주검 어디에도 없었다

윤영준

순정의 시절
순정 허망의 시절

서울 미대 중퇴
윤영준

지루한 휴전협상
지루한 고지 쟁탈전

중부전선
미군 초상화 그려주었다
미군 장교들이 고객

어느날 핼쑥한 여자를 만났다
숙소에 데려왔다
반 고흐 「고통받는 여자」가 떠올랐다
함께 살았다

임신중이었다
ㄴㄱ의 씨냐
내 씨냐 아니냐 물었다
다른 남자의 씨라 했다

쌀 열 가마니와

연탄 7백장
셋방에 쌓아두고 남은 돈 주고 떠났다

그녀 김희자는
아이 낳지 않은 채 자살
떠난 윤영준이
그녀 주검을 그녀 뱃속의 주검을 화장했다

전선을 떠났다 후방 어디에도 한가닥 희망이 없었다
다시 전선으로 가
미군 장교의 얼굴을 그렸다
다시 후방으로 갔다
신철원극장 간판을 그렸다
알코올중독

전봉건

전쟁 전 서울의 음악실
명동 돌체와 오아시스
서대문거리 자연장

전봉래
전봉건 형제 월남
김종삼 황운헌 들과 어울렸다

전쟁중
명동의 돌체가
부산역전으로 피난

김인호가 플레이어였다
밤에는 홀에서 자고
아침에는
바흐를 틀어놓고 세수를 했다

제대한 전봉건이 부산에 왔다
광복동 골목
다방에서 자살한
전봉래의 시신이 가마니에 덮여 있었다
황운헌이 지나가다
묵념을 올렸다

황운헌이 전봉건을 다방에 데리고 갔다
바흐 조곡을 청했다

이 곡이
네 형이 마지막 들었던 곡
마지막으로 듣고 간 곡이다
너도 들어라

봉건이 울었다
형의 유고를 정리했다
대구로 가서
다리 밑에서 잤다
떡 하나로 하루를 살았다
황운헌과 함께
책도 훔쳐
오랜만에 김나는 국밥 사먹었다

바흐는 넋이었고 국밥은 넋의 넋이었다

최승희

조선의 몸
지구 위의 무대들 낙조로 불지르다
조선의 넋
험한 시대의 무대들 별무리 뿌리다 밤새우다

오 춤!

변상희 옹

스물여섯에 『논어』 만독(萬讀)
『맹자』 만독
마흔여덟에 큰병 앓은 뒤
『금강경』 만독

여순사건 뒤 입 다물었다
사람들이 벙어리라 했다
여천 삼일면에서
돌산으로 건너갔다

인공 3개월 벙어리
수복 직후 벙어리

돌산 향일암 아래 변옹의 오두막
동백 울타리 삥 둘렀다
오래 괴괴하다가 소리가 났다
『법화경』 만독이 시작되었다
벙어리가 아니었구나

임창호 씨 제삿날

제주도에는 젊은이가 거의 없다
징병으로 가고
먼 탄광으로 가고
남양군도 징용으로 갔다

바닷가 마을마다
20명
30명이 무더기로 갔다

18세부터 30세까지
한 마을에서
25명이 갔다

처녀들도 정신대로 갔다
가서
엽서 두어 번 오고
무소식
일제말 가옥들도 군대에 징발당하고
곡식들도 군량으로 실려갔다

남은 사람들
열네살짜리부터
칠십 노인까지 동원되어
노역 기간

1백명씩
2백명씩 '함바'에 수용되었다

일본 패전 뒤
그 함바에는
시체 3백여구
이것이 해방이었다
이것이 해방의 제주도였다

끌려간 젊은이들 절반 이상
돌아오지 않았다
돌아온 젊은이
멍들었고
병들었다
밤바다 갈칫배 불빛들 몇개 떠 있다

제주도 중산간 봉개동
임경복이는
아버지 임창호의 시신 못 찾았다
세 군데 함바 다 뒤졌지만
그 주검들 속
아버지의 주검 못 찾았다

엉엉 울며

아버지의 옷 한벌 태워
그 재로
아버지 무덤을 썼다
1945년 8월 17일
해방된 이틀 뒤

8월 15일 해방된 날
그날을
아버지의 제삿날로 삼았다

아버지
아버지
하고 무덤 쓴 뒤
돌아오며
수평선에 대고 불러보았다
그날밤 꿈속
아버지가 배를 타고 돌아왔다

한라산

절해고도라고? 절해고도의 무지렁이들이라고?
모독하지 말 것
농락하지 말 것
능멸하지 말 것
능멸하다 저주받지 말 것

기어코 이승만의 단독정부가 만들어지고 있다
1948년 5·10선거

놀라워라
제주도민
해가 떠 어둠이 사라지는 것처럼
선거가
해방된 나라를
둘로 쪼갠다고
그 선거를 거부해야 한다고 깨닫고 있었다
그믐의 그믐달 진 어둠속
다른 내일이 있다고 깨닫고 있었다

누가 지령을 보내고
누가 지령을 받은 것 아니었다
저절로 선거 거부가 퍼져갔다
천년 간난의 땅
바닷가 한바퀴 돌아 퍼져갔다

누군가가 나서서 알렸다
아침 일곱시 나팔소리가 났다
삼양에서
함덕에서
정의에서
한림에서

제주도의 모든 마을에서 사람들 집을 비웠다

제주읍 성내 제외한
외도리
이호리
도두리
노형리
오라리
아라리
화북리 사람들
중문리
위미리 사람들 산으로 갔다
표선
안덕
대정 사람들 집 비우고 산으로 갔다
입 다물고

아기들도 안겨
입 다물고 산으로 갔다

며칠분 양식을 지고
소도 몰고 갔다

심지어 선거관리위원도 산으로 갔다
초막을 쳤다
굴이 있으면 더욱 좋았다
그곳에 가서
선거를 거부했다 투표소 텅 비었다

제주도민 몇천명
산속에서
새로운 두레를 만들었다
깨달음은 이렇게 일찍 와서 오래오래 이어져갔다

피투성이의 길 앞서서
표선면 과부 임술생의 아들
열다섯 현길태 그 녀석
머리에 억새띠 매고 혀 깨물었다

532

박두진

해야 솟아라
붉은 해야 솟아라

대구 시절
해의 시인 박두진
술집에도 간 적 없다
카랑카랑한 빈 목구멍에
고독이 넘어갔다
고독의 박자
반복의 박자

아아 잊으랴 어찌 우리 이날을
6·25의 노래 노랫말로
몇푼을 받았다

무찌르자 오랑캐 중공 오랑캐로
또 몇푼 받았다

쌀도 없고 돈도 없는 하루를 굶었다
이 궁리
저 궁리 끝
무심코 베개에 눈이 갔다

베개를 갈라

그 안에서 묵은 좁쌀 꺼냈다
그 좁쌀 물에 불려
죽을 쑤었다

퀴퀴한 죽이었다
먹고 나니
눈에 정신이 들어왔다

해야 솟아라 붉은 해야 솟아라

엄비

시아버지 대원군과 맞선 여인
민비는 무섭다
지아비 고종과
행여 동침한 궁녀의 얼굴
온갖 자자(刺字)가 그려진다
온갖 악형이 더해진다
한밤중 일본 낭인 패거리에게 학살당했다
학살 사체
불에 태워 한줌 뼈가 되었다 누군가가 몰래 파묻었다

그뒤 엄비가
민비를 피해 있다가 불려와
고종의 늦은 총애를 받았다

엄비는 자애로웠다
궐내 내관들의 마음이 비로소 놓였다

이 어진 왕비가
외국 선교사 학교들말고
내낭금 내어
사재 내어

양정학교
진명학교

숙명학교 세웠다

양정은 조선식 교육
진명
숙명은 개화교육으로 나아갔다

끝내 아들 영친왕 은(垠)은
열한살에 왜지의 볼모로 떠났으니
아바마마
어마마마 가슴에 독이 박혔다
아바마마가
참을 인(忍)자 하나 써주었다
어마마마 엄비는
끝내 외아들 동궁 못 보고 장질부사 앓다가 눈감았다

엄항섭의 눈물

지사이다 정치인이기보다
기능보다
기개이었다
설렁탕에 땀 뻘뻘
이 나라가 장차 어디로 가는고 하고
나라 걱정 한마디 내뱉고서야
남은 설렁탕국물 마신다
깍두기도 나라 걱정이고
수저도
젓가락도 나라와 겨레 걱정

늘 비분강개의 지사 엄항섭
오늘은 왠지 눈물만 난다
입을 닫으니
입 대신 눈이 열려 눈물 난다

1950년 8월 15일 오전
오늘은 공습이 없다
날마다
미군 폭격기 떴는데
오늘은 하늘이 적막하다

임시정부 간부 엄항섭은 눈물만 난다
서울운동장 해방경축대회 뒤

밤 시청 강당
해방경축 연회가 있다
등화관제의 어둠속

겨우 연단에 비상촛불을 두 개 밝혀놓았다
초청자는
부수상 박헌영
서울시 위원장 이승엽
홍명희 김원봉 이만규 정노식 홍증식 등
남로당 계열 북의 고위층

초청받은 자는
임정요원 김규식 조소앙 조완구 유동열 최동오
오하영 원세훈 엄항섭 등
안재홍 박열 명제세 정인보 등
애국인사들

경축 축배 높이 올렸다
이승엽의 인사말
여러분들에게 우리 노동당 당원이 되라 마라 하지 않겠습니다
이번 전쟁 이전과 다름없이
본 공화국 정부는 여러분에게 정치적 자유를 보장합니다
특히 남북 정치 중립세력의 정치활동이
매우 중요합니다

김규식 조소앙 안재홍 선생께서
이 중립노선을 깊이 이해하시므로
장자 그 노선을 소리 높여주시기 바랍니다

이 말에 초청받은 자들은
안도의 한숨 가만가만 내쉬었다
엄항섭도 한숨을 내쉬었다

며칠 사이 그는 악몽 되풀이
공산당 믿지 않는다!
소리치다 꿈에서 깨어난 적도 있다

공습은
날마다 서울거리를 웅덩이로 만들었다
폐허가 늘어났다
비행기 소리만 나면
낮에도 목이 탔다

망명의 길 독립운동의 길 걸어왔으나
험한 길 아직 길다
그는 없는 선생님만 찾았다

선생님!

선생님!
백범 선생님!
저희가 어찌하면 되겠습니까……

산 백범도 어쩌지 못한 오늘
죽은 백범이 어쩌시겠나

엄항섭은 시청 강당에 차려놓은 음식이 썼다
눈물만 났다

그렇게 그의 비운은 시작되었다

누가 씨부렁댄다

조선사람은 백정 말고 종년 말고
모두 다
걸어갈 때
걸음걸이도 권력이다
조선사람은 잠잘 때도
옆사람 차내며
큰대자로 방 안 차지한다
권력이다

조선사람은 모두 다 권력의 자식들이다 의붓자식들이다

쥐꼬리만 해도
지렁이 꼬리만 해도
제주 먹갈치 꽁지만 해도
그 권력 휘두르는 것
그 폭력 내두르는 것
거기에 조선사람의 얼굴 있다

남제주군 화순
바다는 너무 크고
사람은 너무 작다
밭돌담 돌 옮기는 일 땀 흘리는 현정복이가
오늘 걸려들었다

전투복의 철도경찰 세 사람이 지나갔다
철도 없는 제주도에
웬 철도경찰 세 사람
너 경찰관 보아도 인사할 줄 모르냐
현정복은 그들에게 끌려가
꿇어앉혀
차이고 맞고 매달렸다
무조건 빨갱이라고 자백하라고 윽박질렀다
백지에 지문날인
이렇게 제주도 젊은이 2천5백명이 무더기 구속되었다
현정복은 어렵사리 나올 수 있었다
망가진 몸
이불 덮고 요양한 뒤
바로 육지로 건너가
광주에서 군인이 되었다

군인은 군정청 경찰 다음 권력이다 조병옥 다음다음 권력이다

변수자

하종수의 가슴속엔
오늘도 그녀뿐
목단꽃 같은 변수자
그녀뿐

두 번 보았다
저녁 미호천 둑
친구와 함께 걸어가는 그녀

그다음은
도청 앞 건널목
서 있던 그녀

한마디 말 걸어보지 못했다
한걸음 다가서서
그녀 앞에 서보지 못했다

누가 그녀의 이름을 입에 올리면
그녀의 성스러운 몸이
시궁창물로 더럽혀지는 듯
노여웠으나
속으로
속으로
그녀를 지켰다

전쟁이 났다
인민군이 왔다
인민군이 갔다
국군이 왔다

변수자 어디에도 보이지 않았다
하종수는 자전거를 팔았다
변수자
그녀 찾으러 나섰다

물어물어
그녀의 외가댁
그녀의 고모댁
그녀의 이모댁
그녀의 진외가댁 찾으러 나섰다

그녀의 동창생
그녀의 에스동생
그녀와 아는 사람들 하나하나 만나러 나섰다

그러는 동안 중공군이 쳐들어온다 했다

수자씨! 어디 있어요? …… 어디?

김중업

피난의 임시수도에 편지가 날아왔다
1952년
제1차 국제예술가대회가 열린다 했다
베네찌아였다
유네스코 주최라 했다
한국 예술인도 초청한다 했다

곤돌라의 바다도시 거기에 가게 되었다 꿈이었다 꿈길이었다

공포와 궁핍
더이상 올데갈데없는 부산에서
하루하루의 절망이 일상이다가
웬 베네찌아
웬 베니스라니
꿈이었다

건축가 김중업은
수필가 김소운
소설가 김말봉
조각가 윤효중과 함께 떠났다

몇날 며칠 걸려 프로펠러 여객기 타고
배 타고 갔다
기차 타고

뒤늦게 개최지에 도착했다

한국 수석대표 김중업
쌴마르꼬 광장 부두에서
조각가 르꼬르뷔지에를 만나 호소했다

부디 저를 선생님 아뜰리에에서 일하게 해주시오

작은 귀
코끼리 눈 ·
검은 안경 쓴 스승은 어이없었다
마구잡이 하소연
그 자리 면하기 위해서
한번 와봐라 하고 사라졌다

대회 뒤
김중업은 잠시 고민
부산으로 돌아갈 것인가
아니
빠리로 갈 것인가

서울대 건축과 교수직 던져버리고
무턱대고 빠리로 갔다
르꼬르뷔지에에게 달라붙었다

4년 뒤 그는 한국으로 돌아왔다
새로운 꿈이
하나하나 세워졌다
노래 부르는 집
자화상의 집
표정 있는 집을 지었다

그러나 그는 60년대 군사정권 비판으로
8년 동안 해외추방

장차 돌아와 지을 집
그 집들을 꿈꾸었다 돌아오니 다른 집들의 시대였다

홍문봉의 집

인간
인간에게 마지막 남은 예절이 치욕인가
나비야
나비야
너는 어떠니?
인간의 끝이 치욕인가

숨은 홍문봉 수색하는 자들이 개머리판으로 치며 말했다
홍문봉 아버지더러 말이 되라 했다
아버지가 말이 되어
엎드렸다
홍문봉 어머니더러 말을 타라 했다
어머니가 개머리판 맞고
영감의 등을 탔다
울었다

골방에 숨은 홍문봉의 아내가 끌려나왔다
시아버지 등에 타라 했다
시아버지가 말이 되어
마당을 돌았다
며느리가 시아버지 등에서 엉엉 울었다

이년 옷 벗어라
네 시아버지에게

548

네 ×× 보여라
숨어 있던 홍문봉이 대숲에서 나왔다

홍문봉은 마을 삼거리 고구마밭에서 죽었다
총 두 방

계일지와 오병탁

부산 광복동
금강다방
에덴다방

에덴다방에 들어가니
거기
서울에서 온
낯익은 얼굴 하나 벌떡 일어선다

여
자네 왔군
자네도 살아 있었군
여
여

친구라는 것이 이렇게 기쁨일 수 없다
친구와의 악수가
이렇게
온몸에 퍼지는 술일 수 없다

그러다가 임시수도 피난생활 각박한 날들
한 달쯤 지나
친구와 친구 사이
말다툼

550

네 것
내 것 서로 삿대질이 있다

계일지와 오병탁
함께 자취하다가
돈 몇푼 때문에
양말 한 켤레 때문에
헤어졌다

하나는 부두 노무자로 일하고
하나는 동래 미군 보급부대 경비원이 되었다

서로 어디 있는지 몰랐다
각각 자신밖에 없었다
술도 혼자 마시는 술이 맛있다
찐빵도
혼자 남몰래 먹는 빵이
훨씬 맛있다

너덥고 편한 이기주의는 친구보다 훨씬 좋았다 쌍

9연대장 김익렬

제주도 국방경비대 제9연대는 귀양살이 연대였다
아무도 오지 않으려는 곳
제주도
이곳에 김익렬이 왔다
일본군 소위 경력
제주도에서
그의 야전생활이 시작되었다

육지에서 건너온 경찰
청년단
군인
세 힘이 제주도를 밟았다

민심은 산으로 향했다
경찰 발포
민심이 뭉쳤다

제주도 지사도
제주도 경찰서장도
제주도 유지도
산과의 협상 방기

김익렬 연대장이 나섰다
어머니와 아내

두살 난 아들을 볼모로 제안했다
그는 유서를 써두었다
어머니와 아내에게
어린아이에게
그리고 총사령관에게 썼다

연대장은 장병들에게 말했다
오후 다섯시까지
내가 돌아오지 않으면
전투행동에 돌입하라
부연대장 지휘를 받으라

그는 약속지점으로 갔다

산의 지도자 김달삼은 '백두산'을 피웠다
연대장은 '러키스트라이크'를 피웠다
두 사람은
전투 중지에 합의
선 선무
후 토벌의 원칙에 따랐다

그가 돌아왔다
제주도의 평화를 안고 왔다
그러나 제주도에 건너온

군정청 조병옥 경무부장이
연대장을 빨갱이와 내통한 빨갱이새끼라고 대들었다
연대장이 조병옥의 멱살을 잡았다
난투극
민정장관 안재홍과
국방경비대 총사령관 송호성이 말렸다
딘 소장은 구경하고 있었다

다음날 김익렬 연대장은 딘에 의해 해임되었다

제주도의 평화가 여기서 깨졌다
제주도의 학살이 여기서 시작되었다

유해진 지사

1904년 전북 완주군
만석 지주 소작인의 아들이 아니라
만석 지주의 아들로 태어났다
완주 삼례 봉동 들녘
모든 논이
유해진 아버지의 논

백로 날아앉는 곳 모두 그의 들녘

일본 유학 시절
영국인 가정교사 두고 영어를 배웠다
기차도
일등석만 탔다
홋까이도오 말 사다가
일찌감치 승마를 즐겼다

6척 장신 유해진
아침마다 토스트를 먹었다
군정청 민정장관 안재홍이
그 일본 유학생 유해진을 제주도지사로 임명했다

유해진
하필 제주도지사라니 원!
1947년 4월 21일

미 군용기 편으로 제주도에 내렸다

내리자마자 한 일은
서북청년 7명으로 경호원을 삼은 일

지사는 관사에서 잘 때도
침대머리에 권총을 두고 잤다
그가 온 뒤
서북청년단
대동청년단 등
그 무시무시한 폭력이 한창
아침 식탁에서는
서울에서 보내온 토스트를 먹었다
제주도 조랑말은
말이 아니었다

한라산은 왜 늘 구름이 끼느냐고 늘 희멀건 낯짝 찌푸렸다

이재명의 무덤

1909년 12월 하순
이재명이
매국노 이완용의 몸에 비수를 꽂았다

이 역적놈 칼 받아라

실패했다
이완용의 인력거가 병원으로 달려갔다

성당 고개

이재명이 현장 체포되었다
재판

1910년 9월 그의 교수형이 집행되었다
할말 있는가
있다
역적놈을 못 죽인 것 분하고 분하다
아현동 천주교 묘지

묘석이 금지되었다

한밤중 한 여인이
그의 무덤 앞을 파고

'이재명'이라는 묘석을 묻어두었다

뒷날 묘지 이전 계획 탐문
유골을 파내어
평양 묘지에 몰래 이장했다 식민지는 길고 길었다

이해명 부인

사람들은 전쟁 속에서 짐승보다 훨씬 낮았다
사람들은 전쟁 속에서
버러지였고 잡힌 고기였다
꿈틀거리다
퍼덕이다 뻗었다
사람들은 천박할 대로 천박했다

1951년 3월 5일
사람들
방공호에 들어가 떤다
폭격공포증
비행기 소리만 나면
등골에 진땀
비행기 소리 떠나면
왕십리 중앙극장 앞
채소도 나오고 고기도 나와 있다
떡도 나온다

폭격중에도 살아야 했다
팔고 사야 했다
저쪽에 폭탄 떨어지면
쌓아둔 배추다발 두고
장꾼들 사라진다

3월 중공군 후퇴
3월 10일 인민군 후퇴

조선 왕조의 핏줄 이해명이
인민군 후퇴와 함께 의용군으로 끌려갔다

시체 널린 거리
이해명 부인이
남정네옷 걸치고
여자옷 팔러 나왔다
폭격중에도 숨지 않고
장바닥 한구석에 남아 있었다

벌써 사흘 굶었는데도
얼굴에는 사람의 기품이 남아 있었다
여자의 정숙함
속 깊은 아픔 견디는
여자의 인내 좀처럼 없어지지 않았다

막된 시절
끝까지 사람으로 남아 있다

휴전 직후

도망쳤던 사람들 돌아와 설쳤다
도망치지 못한 사람들
고랑 차거나
슬슬 숨어들었다 나왔다

없어진 것들 하나둘 나타났다
노자 장자도
달마도
성호 이익도
어둠속에서 나타났다

친일파가 어느새 열렬한 반공인사로
자유당 위원장으로 우뚝 솟았다

두고 간 재산을 챙겼다
영등포 공장
포천 땅 60만평
소사 땅 30만평
격전장
가평 임야 챙겼다
안양 공장 다시 지었다

전쟁의 이익을 독차지하고
돌아온 필동 자택

담장에
유리조각 박았다
방범철책 둘렀다

그 안에 보랏빛 라일락꽃이 피고
따님의 피아노 소리가 들렸다

국회 부의장 따님 인옥양
어여뻐라
아버지의 야망
어머니의 사치 사이

따님 향기로워라
라일락

강도가 들어왔다
그 따님 피아노 치는 모습에
한동안 섰다 침 삼켰다

너 소리치면 죽어 이불 덮어줄게 엎드려 있어
피아노 소리 멈췄다

사의 찬미

윤심덕
동경음악학교 졸업 성악가
토월회 배우

1926년 일본 오오사까 닛또오레코드에서
「사(死)의 찬미」 외 26곡 취입
귀국 도중
관부연락선 토꾸쥬마루(德壽丸) 위에서
극작가 애인 김우진과 함께
현해탄 투신자살 세상이 놀랐다

자살이 아니었다는 풍문
레코드회사 청부를 맡은
연락선 선실 뽀이가
두 사람을 밤 난간에서 밀어버렸다는 것

카본 마이크가
전자 마이크 기술을 따르지 못한
닛또오의 궁책으로
취입 개런티 3만원을 삼키는 음모라는 풍문
객실에 둔 윤심덕 옷가지에서 140원이 나왔다던가
김우진 옷가지에서 20원이 나왔다던가

그당시 개런티 3만원은

나운규 영화 「아리랑」의 제작비 2천원이라
영화 열 편을 만들 거액
먼 뒷날
2000년 초 3백억 해당

「사의 찬미」는 반도의 남녀노소 모두가 들었다 모두가 불렀다

억척 설옥순

1951년 3월 14일 저녁
서울 재수복한 국군 척후대원들
서울 하늘에 태극기를 올렸다

돌아오는 서울사람들
한강 건너는
도강증 있어야 한다
도강증 없으면
밤중 밀선을 타고 돌아온다

1952년 임시수도 부산에서 돌아오고 돌아온다

1953년 부산 국제시장 큰불
모두 타버렸다
모두 타버린 잿더미였다
드럼통
휘어진 철근
씨멘트조각
벽돌들이 쌓였다

누군가가 어서 떠나가라고
어서 돌아가라고 난 불이라 했다

그러나 돌아가지 않는 아낙들 있다

머릿수건 쓰고
절망의 절망의 절망의 저쪽에 있는 희망을
잡아당길 힘을 가진 아낙들 있다

맨처음 천막 치고
다시 장사를 시작했다
설옥순
나이 32세
다행히도 용두산공원 계단 옆
동백나무 밑에 묻어둔 금붙이 찾아냈다

떠날 사람 떠나라
나 걷어붙여
다시 일으키리라

폐허 국제시장 잿더미 제일성(第一聲)의 그녀 설옥순

헛소리 세상에서

헛소리판이다 온통
뭐 정의
뭐 자유
뭐 양심

제사상 촛불 출렁거렸다
쌀도매상으로
쌀도정업으로
포목상
고무신공장
방직공장으로 부를 늘렸다
눈이 온 뒤
또 눈이 오듯 쌓였다

춘궁기와 한발에 전답 사들여
소작료도 쪼곤쪼곤 받아들였다
창고를 또 지어야 했다

소유불이 부한하브로 소유욕이 무한했다

금광 주석광
산도 사들였다
친구는 망했는데
나는 흥했다

황무지에 새 공장 서고
직공들이 우르르 퇴근하고
제품이 실려나갈 때
내 방 사장실은
오후의 햇볕 들어와
내 안경알에 알뜰살뜰 머문다

헛소리판에서
주둥이만 가지고 다니는 세상에서
먹물들은 백일몽에 빠졌다

임시수도 부산
피난민 구더기에도 불구하고
6천톤짜리 수입품 배 들어왔다
7천톤짜리 수출품 배
오류도 바다로 가고 있다
간밤 요정
내 큰딸보다 두 살 아래 고년
민안나라 했지 고년의 가슴과 허리 살내음 떠올랐다

재무부장관실에서 전화가 왔다

이청일

제주도 한라산 빨치산은
대부분이 남로당원 아니었다
마구 잡아가고
마구 쏘아대는 경찰을 피해 온 사람들
아버지가 피살당하는 것을 본
아들
아내가 끌려가는 것을 본
남편
그런 사람들

저녁 무렵
중산간 트에서
저 아래 바닷가 마을 원경을 바라보았다
아직 남아 있는 사람 있는가
밥 짓는 연기 있다
앓고 있는 동생
살았는지
죽었는지

대원 중에는 선원 출신도 있다 이청일
산속에서만 사는 생활 점점 지겨웠다
바다가 그리웠다
난바다 너울진 데
어두워오는 저녁바다 내려다보았다

만약의 경우
바다 건너 일본으로 도망치면 된다
배 성능을 안다
배 연료 소모량 안다
소요시간 안다
조류 안다

지난날 널조각 하나로
일주일을 표류하다
중국 배에 구조된 적 있다 이청일

오전의 바다 본다
오후의 바다 본다
달빛 물든
밤바다도 멀리 보았다

바다는 내 방이고 마당이고 내 벌판이다
아 산중은 답답하다 이청일

총사령관 김달삼은 미남청년
제주도 방언 속에서 표준어로 말한다

동무들 내일 오전 네시 기해

고산 일대 진격하오
보급투쟁
병력증강작전도 동시에 진행하오
일찍 잠들 자두오

늙은 기생

지난날 동래권번 아기별 홍매
열여섯에
식산은행 두취(頭取)가
머리 얹어준 이래
얼마나 많은 사내들 얼을 뺏더뇨

이제 늙어빠져
방 두 개 술집을 냈다
지난날이 화려할수록 오늘이 초라한 것
다 아는 일

통금시간 한밤중
국민방위군 인솔 장교 둘이 문을 찼다
방위군이다
방위군이다 문 열어라

늙은 홍매 옷깃 여미고 나갔다

문 닫았으니
내일 와 잡수시지요

권총을 들이댔다
문 열어 열지 않으면 쏴버린다 이년

아주 오랫동안 써본 적 없는 소리
큰소리가 올라왔다

이 철부지들아
기껏 술집 주모나 쏴죽이려고
군대 갔더냐
내가 너희 대장 신성모의 좆대가리를
자르려다 만 사람이다
가지 않으면
너희놈들 좆대가리라도 잘라버릴 터
썩 물러가지 못할까

욕이라고는 한마디도 입에 담지 않았던
가는 허리 홍매
늙어
가슴팍 푹 꺼졌는데도
무슨 화산이 들어 있어 큰소리 터지고 말았다
방위군 상교 뒷걸음질쳐 떠났다

오늘밤 나 돌았나봐

어머니의 날

여걸 조신성
단상에 오른다 입 열자 쩌렁쩌렁
노세
노세
젊어서 노세
늙어지면 못 노나니가 무엇입니까
이 나라를 요 꼬라지 만들어놓은 것이
바로 노세 노세 이것 아닙니까

일하세 일하세 젊어 일하세
늙기 전에 어서 일하세가
우리 미래 살려냅니다 암 살려냅니다

탁

강연 탁자를 쳤다

연단 내려선다
조선인 형사를 꾸짖는다

이 개만도 못한 놈아
살이 살을 먹는다더니
너를 두고 하는 말이다
목구멍이 포도청이거든 부잣집 담구멍이라도 뚫어라

1873년 압록강 의주에서 태어나
계집애인데
독훈장 앉혀 공부했다
시집갔다
스무살 과부
일하라고 과부 되었다
큰일하라고 과부 되었다
일찍 안경 썼다

이화학당 교사 겸 기숙사 사감
평양 진명여고 교장
독립운동
감옥
안창호 김구와 연결
해방 뒤
북조선여성동맹위원장
탈출

서울의 대한부인회 부총재
그녀 장사 지낸 날
1953년 5월 8일
이날을 '한국 어머니의 날'로 제정
매년 기념하다가

'어머니의 날'이 되고
'어버이의 날'이 되었다

만년 매월 5만환 생활비를 박순천이 보냈다
향년 팔십

좌달육

제주도는 깨어 있었다
육지보다 더
시퍼렇게 깨어 있었다
식민지시대 이래 깨어 있는 책을 읽었다

육지에서 건너오는 자들 깊이 거부하고 있었다
경찰 철도경찰 따위
서북청년단
대동청년단 따위
겉으로 속으로 거부하고 있었다

국방경비대도 외국군대로 단정했다

모슬포 부대 막사 지으려 해도 지어줄 일꾼이 없었다
일제 관동군 군용 건물
새로 수리해야 했다
수리해줄 사람이 없었다

바다를 두고 부식용 얼음까지
육지에서 실어왔다

신임 김익렬 연대장이
제주읍내 카나리아상회 좌달육을 찾아갔다
세번 네번 통사정

그가 막사 수리와 신축공사를 맡았다
부대 필수품 조달도 맡아주었다

제주읍과 모슬포 사이
식품 트럭이 오고 갔다
자재도 목수도 실어왔다

좌달육의 딸이 아버지에게 대들었다
아버지
왜 군인 앞잡이가 되었수꽈?

한라산 유격대에게
카나리아상회 트럭 습격당했다
제주읍 원정통 칠성통 사람들
좌달육을 피했다

배신자놈
앞잡이놈 좌달육이라는 소리 퍼져갔다

집에 돌아가면 딸이 소리쳤다
나 배신자의 딸이우다
나 배신자의 딸이우다
나 산으로 갈 거우다

강경 갈숲

흐린 날
그네 눈 보면 세상이 푸르다
피난민 학생
이봉희의 큰 눈

푸른 하늘이다

세상은
지겨운 전쟁판인데
그네의 웃음소리로
이 세상 환해진다

봉희네 식구가 세든 집
주인집 남학생 전경민이 나왔다

탁류 금강 개펄 저쪽 갈숲으로 두 사람은 함께 갔다
새들이 날아올랐다

어서 전쟁이 끝나면
경민아
너랑 내 고향 청천강에 가고 싶구나
청천강에서
금강을 그리워하고 싶구나

두 학생의 사랑
용케 첫사랑으로 끝나지 않았다
용케 부부가 되어
딸 셋 낳은 부모가 되고
끝내 청천강 가지 못하고
강경 대전 살아갔다

경민이 떨고
봉희가 대담했다

밀양 이른 봄

척박한 세월
밀양 영남루 누가 거기 올라가겠어
오래 비어 있어
바람만 수시로 오고 갔어
실로 오랜만에
거기에 오른 사람 하나 있어
대구 처녀 이봉례

표충사 스님
종이등
초파일 수박등 잘 만드는 스님
사모하다가
여기 왔어

한동안 마루 끝에 서서
강물과
강 건너 가파로운 산 보았어

조용히
옥색치마 뒤집어썼어
물 위에 떨어졌어
잠겼어
한번 솟아났어
다시 솟아나지 않았어

다시 떠오른 곳
멀리 떠내려간 강 둔덕 갈대밭 근처였어
물안개가 싸여 있었어

이런 급한 생애도 있었어
법명 대원해 이봉례 영가가
표충사 영단에 모셔졌어
그뒤

죽은 혼백도
종이등 하나 걸어두었어 누가

김악

네 나라의 녹을 무심히 먹었다 희귀한 녹봉운세
신라 육두품 시랑 벼슬로
바다 건너
후당에 건너갔다
후당 장종(莊宗)의 눈에 들어
그 나라 위위경에 올랐다
바다 건너
돌아오다가
후백제 견훤에게 잡혀
후백제 관직에 올랐다

후백제와 왕건의 고창군 전투에서
포로가 되었다가
고려 원봉성 학사에 오른다

광종대 태상의 지위
수병부령에 올랐으니
저 고국 신라의 말직으로부터
세 나라 관직 끝
개상 빈열에 올랐다

김악
그에게 강호(江湖)가 없다

오직 난세 두루 살아내는 운세 있다
사후의 벼슬은 무엇이더뇨
저승도 벼슬이더뇨

DDT

해방 직후
서울에는
3백70여개 정당 사회단체가 우글거리고 있었습니다
자고 나면
간판 몇개가 내걸렸습니다
간판 없는 다섯명 당원의 정당도 생겨났습니다

점령군 하지 사령관
이런 조선사람들을 고양이라고 뭐라고 혐오했습니다
하지 사령관의 군정청에서는
거기 드나드는 조선사람에게도
군정청 밖
거리의 조선사람에게도
DDT를 마구 뿌려댔습니다
그 독한 밀가루를 뒤집어쓰고
조선사람은 얼빠져 히죽히죽 웃어댔습니다
아니 끓어오르는 수치로 치 떨리기도 했습니다

1950년 전쟁터에 온 미군으로 하여금
한국은 또다시 DDT의 땅이었습니다
벼룩 빈대 그리고 몸속의 수두룩한 이와 서캐
보이지 않는 세균조차도
다 조선사람이었습니다
그래서 미군은 조선사람을

DDT로 마구 뒤덮어버렸습니다

모든 고아원들 역시
할렐루야 세례와 DDT 세례를 함께 받았습니다
과연 애비 에미 없는 자식 DDT의 자식들이었습니다

전쟁고아 최요한
성은 고아원 시온애육원 원장의 성이고
이름은
요한복음의 요한으로 되었습니다
본래의 이름 박순식은 영영 잊어버렸습니다

하필이면 썩은 시궁창 옆방이라
최요한의 담요에는
늘 DDT냄새와 시궁창냄새가 섞여 있었습니다

아 여기가 내 고향입니다

소래포구

낯선 얼굴 김가 장가 또는 박가
팔짱 끼고 모여들어
배 들어오면
새우 퍼
새우젓 담그는 세월 짜디짠 세월

그 세월이 고향이라
함께 물새들도 떠날 줄 모른다

이런 소래포구에 웬놈의 폭탄이 떨어졌다
9월
새우배 두 척 작살났다
개펄에
큰 둠벙 서넛 썰물 때도 물 고여 있었다
이 무슨 재앙

그래도 서로 부스스 술 깬 낯익은 얼굴들
떠날 줄 모른다
새우젓 말고
갈 곳 없다 돌아갈 곳 없다
이 세월이 고향이라

감봉룡 대장

북위 38도선 이남의 개성
대한민국 경기도 개성시이다
송악산도
만월대도
선죽교도 박연폭포도
황진이 무덤도 대한민국

그러나 그해 6월 25일 새벽 네시
인민군 총공격 앞에서
그날 아침 아홉시
개성은 인민공화국의 땅이 되었다

개성 철도경찰대장 감봉룡 경감
본부대원 50명과 함께
적 탱크 앞에서 99식 총 쏘아대다가
전원 전사
감대장 시체는 부관 홍이화 경위
사찰주임 박준석 경위 시체 밑에 뒤집혀 있었다

적은 대한민국 국방경비대보다 대한민국 경찰을 더 증오했다

행주산성

서부전선 1사단 13연대
수색소대 김호 소위의 병력
임진강
봉일천
행주로 밀리고 있었다

그때 서울 함락 소식이 왔다

고동수 중위
김홍계 소위도 달려왔다

세 장교가
행주산성에 올라갔다
각각 권총을 뽑아
동시에 자신의 심장을 쏴 자결했다

다같이 이북 출신
반드시 두고 온 고향으로 진격하기를 맹세했던 꿈

그 꿈이 무너지자 한날한시에 목숨을 바쳤다
김호
고동수
김홍계의 청춘이 끝났다 무덤도 없다

금은

6월 27일
한국은행 지하금고 속에서
금 1.5톤
은 2톤 반을
군용트럭에 실었다

한은 총재 구용서의 주선으로
한강을 건넜다 7분 뒤 한강다리 폭파되었다

시흥으로 갔다
6월 28일 수원으로 갔다
대전 경유

진해 해군창고에 보관되었다
부산으로 옮겨졌다
한은 부산지점 금고 보관

미 상선 필라델피아호에 실려
미국 연방은행 뉴욕지점 창고에 수용되었다
기구한 행로 끝
이것이 안심인가
가장 멀리 피난한 한국의 금덩어리 은덩어리 돌아오지 않았다
어디 그뿐인가

김명국

몽롱이 큰 지혜라
취한 영험
취옹 김명국의 취한 붓
갈기 선다

들말 갈기 모아 만든 붓
억세고 거친 붓
산마필(山馬筆) 휘갈겨

활발발한 「달마도」 좀 봐라

굼떠 꾀하지 마
이리저리
잔머리 굴리지 마
손재주 나부랭이 믿지 마
괜히 숙연하지 마
뒷마당에 개뼈 숨지 마

나와
벌거숭이로 나와

임진 정유 왜란 뒤
통신사로 일본 가면
그림 청에 못 이겨 잠을 자지 못했다

돌아오는 뱃전
몸 다 젖는 파도소리로 잠들었다

호방하다 넉살 좋다
취하지 않으면 붓 들지 않는다
광태파(狂態派) 화풍 절정
흑 보아
백 좀 보아
저 모서리들 펄펄 살아나는 것 보아

초조 달마 뛰쳐나와
회오리친다
달마가 나인가
내가 달마인가 어떤 놈의 허깨비인가

명동

전쟁 전 명동
마카오에서 건너온 양복지
영국에서 건너온 양복지
이태리 양장지
미국에서 온 양주
육중한 제니스 라디오
식품
모피
기호품
화장품
시계와 다이아몬드
구두
저만치 주차한 포드 자동차

식민지시대 명치정의 사치 견줄 바 없이
해방된 명동
대한민국 사치의 총본산 명동
밤 후생사업 장교들이
토라진 여자에게 돈을 뿌렸다
오늘밤도 바 야자수가 내 동산이다
가사

암거래가 기승
밤에도

밀무역 철야

북의 첩보원 명동에 와서 알았다
이남 점령은
잠이 오면
하품하는 일과 다르지 않다는 것

전쟁 후
수복 후 명동
모든 호화판 밤 사라졌다
모든 환락
모든 부패 없어졌다

폐허 명동
부서진 건물들의 골목
밀줏집 하나하나

돌아온 자들 헐렁한 염색군복 걸치고
구호물자 양복 입고
밀줏집 밀주
혹은 카바이드 술
혹은 도라지 위스키에 취해 싸움판 벌어진다

폐허에 바 나이아가라 개업

어둑한 불빛
전쟁 전 미스 김은 여우가 되고
새로운 미스 김들
미스 홍들 고양이 되어 붉은 입술 속 이빨 강하다

공술 먹은 상이군인 천국환 목발 들어
불란서 양품점 유리창과 마네킹 후려갈겼다
사람들이 비적비적 모여들었다

실성한 사람

국가보안법 억지로 통과되던 날
종로 2가 우미관 골목길에 미친 영감이 걸어간다
무악재 도인이라 했다
수색 도인이라 했다
또
행주산성 도인이라 했다

한강 하류에서 한강 보며 수도한 영감이라 했다
산 도인이 아니라
물 도인이던가
실성한 영감이었다
공허한 눈 부릅떠 외쳤다

6백년 도읍 한양을 버려야 한다
고조선 고구려 도읍
평양을 버려야 한다
후삼국 풍수도인 도선은
수 당의 풍수지리 넘어
산형 지세 따지는 풍수 버리고
공간을 내쳤다
거기 시간이 오롯이 남았다
지세는
만물 생육하는 힘이라
그 힘에 성쇠의 때 있음이로다

그리하여
땅의 기운 왕성한 뒤 쇠하니
땅을 옮겨
새로운 기운 받아 세상을 새로 열어야 함이로다

누군가가 너무 박식한 그에게 놀라며 다가갔다

그 사람 뚫어지게 쳐다보며 맞수로 외쳤다

이 불쌍한 사람아
고향을 버려라
고향에 두 발 디디고 있는 한
자네 운세는
끝내 열리지 않겠구나

한 청년이 그에게 다가가 소리질렀다

이 미친 영감태기야
어찌 인간이
그까짓 것
하늘과 땅 시간의 머슴 노릇이나 한단 말인고
한양이고
평양이고
고향이고 타향이고

어디고 인간이 그 요망한 짓 이길 수 없단 말인고

그 청년도 전란으로 정신이상
지난겨울 입었던 긴 외투
삼복나절에도 그대로 입고 다니는 사람으로
그 미친 노인과 미친 청년 티격태격하며 국밥집에 함께 들어섰다

만인의 얼굴, 그 민족사적 벽화
고은의 『만인보』 16~20권

김병익

    나는 지난 세밑의 여러 날 동안 참 많은 사람들을 만났다. 아마도 1천 명은 넘을 듯한 그 사람들의 반 이상은 내가 이름도 얼굴도 모르는 사람들이고, 그들 거의는 이미 유명을 달리한 분들이다. 가장 밑바닥에서부터 지상의 권력을 휘두르는 사람에 이르기까지, 고대의 설화적 주인공으로부터 지금 남대문 시장바닥에서도 흔하게 만날 수 있는 인물들에 이르기까지, 이렇게 내가 한꺼번에 그들을 만날 수 있었던 것은 물론 고은의 『만인보』를 통해서였다. 내가 읽은 신작의 이 연작시집 다섯권은 이미 나온 열다섯권의 『만인보』의 후속 작품집이지만, 나는 이것만으로도 압도되고 있었다. 거기에는 한국인이라면, 아니 인간이라면, 지을 수 있고 짓지 않을 수 없는 숱한 표정들이 늘어서 있고, 그들의 천태만상의 갖가지 삶의 모습들이 벅적거리고 있으며, 절망과 한, 운명과 열정, 기구함과 서러움의 삼라만상적 인간상들이 복작거리고 있었다. 그것은 삐까쏘(P. Picasso)의 「게르니까」보다 더 착잡하고 내가 멕시코씨티의 정부청사 안에서 보았던 디에고 리베라(Diego Rivera)의 벽화보다 더욱 거창한 서사를 담은 우리 한민족의 벽화를 이루고 있었다. 그래, 시인 고은은 20여년 가까운 시간 동안 한국사에 드러나고 숨겨진, 스러지고 태어나는, 추앙받고 경멸당하는, 아름답고 추악한, 떳떳하고 비굴한, 그 수많은 사람들을 붓 대신 언어로, 그림 대신 시로, 거대한 민족사적 벽화를 그리고 있는 중이었다.

이 벽화를 보는 내 시선은, 가리키는 손가락을 보지 말고 그것이 가리키는 달을 보라는 부처님의 가르침을 거슬러, 달을 가리키는 손가락으로 향한다. 그 손가락이 어떤 모습의 무엇을 가리키는가를 본다는 것은 그것을 가리키는 이의 마음과 생각, 속과 뜻을 알아보겠다는 것이며, 그 알아봄을 통해 시인이 재구성한 한국 민족사 혹은 한 시대의 세계에 대한 진상을 눈치챌 수 있을 것이다. 중요한 것은, 더구나 그것을 가리키는 이가 역사와 현실에 대한 상상력이 한없이 풍성하게 부풀어나는 시인이어서, 그가 가리키는 대상보다 그것들의 어떤 것이 참모습인가를 보여주는 손가락을 바라보는 것이 벽화의 구도와 그 주인공들의 삶에 대한 또다른 통찰을 일구어낼 수 있다는 것이다. 고은은 자신이 제작하고 있는 『만인보』라는 벽화—민족사를 통해 우리의 고통스러운 역사를 되새김질하며 그 역사를 만들어오고 혹은 그것에 짓밟힌 만상의 인간들을 사랑하며 껴안고 뺨 비비며 삶의 진의와 세계의 진수를 손가락으로 끄집어내고 있는 것이다. 손가락으로 쓰는 그의 언어는 당연히 서사적이기도 하고 점묘적이기도 하며 때로는 시라는 형식의 틀을 넘어서기도 하고 건조한 문체의 이력서일 경우도 있지만, 그 인물들의 마땅한 특징들과 그들의 섬뜩한 개성, 그들을 고통과 배반, 슬픔과 죽음으로 몰아넣는 시대의 부조리, 창과 칼의 영원히 화해할 수 없는 싸움싸우기의 구조를 짚어내며 개인과 민족, 시대와 인간, 정신과 현실의 첨예한 관계를 형상화하는 데는 뛰어난 직관으로 빛난다. 나는 고은이 그려준 '만인상'들을 통해, 잊어버렸고 잊어버리고 싶어한 우리의 간난스러운 근현대사의 아픔들을 전율로 다시 떠올리면서 내게 이런 참담한 기회를 안겨준 고은에게 감사와 함께 인간의 운명이란 것에 대한 소스라칠 듯한 감정을 갑신년 새해의 소감으로 안아들이지 않으면 안되었다.

이번에 그린 고은의 벽화 다섯 폭이 집중한 화제는, 그의 어린 시절과 그 시절 고향에서 만났던 사람들과 그가 민주화운동에 전폭적으로 투신하던 시절에 부닥쳤던 사람들 사이의 공간, 그러니까 그의 청년기에 보고 겪고 당하고 치른 사람들 이야기이다. 그 중에도 식민지시대와 해방공간을 지나 한국전쟁이 폭발하며 우리에게 치욕의 역사를 만들어준 시기의 인간 군상이 『만인보』16, 17권의 주인공들이다. 우리 역사에서 근대의 것과 당대의 것이 맞물리며 한국사 최대의 비극이었던 민족상잔의 전란이 휩쓸던 시대를 살아야 했고 또 그렇게 살 수밖에 없었던 숱한 사람들의 비장한 생애들이 언어로 만든 이 캔버스에 재현되고 있는 것이다. 이 시대가 더할 수 없이 가혹했던 것은, 6·25라는 민족내적 전란에 우리 모두가 생애의 획기(劃期)를 감당해야 했으며 그 때문에 삶의 길이 기구하고 허망하게 반전을 되풀이해야 했고, 더구나 남과 북의 체제와 동과 서의 이념이 한 민족의 속살을 마구 헤적이며 찢어놓아 사람들과 사람들을 이간질하며 겨루게 했기 때문이다. 이 시기, 생명들은 전방에서나 후방에서 덧없었고 집과 거리는 폐허가 되었으며 모두가 가난했고 대부분이 허기졌으며 그래서 끝없는 허망함과 마지막 안간힘에 삶이 소진되고 있었다. 이 살벌한 정황의 일단이 「현재」(20권)에서 거침없이 드러난다.

　　삼천리 금수강산!

　　아 이렇게도 보복해야 할 증오더냐
　　아 그렇게도 복수하고 또 복수해야 할
　　원한이더냐

　　해방 후 한반도는 피의 반도였느니라
　　한반도 방방곡곡은
　　누가 누구를 기필코 죽여야 하는
　　저주받은 곳이었느니라

천년 촌락의 정(情)은 이제 끝장

1945년 이후
어느새
소년이 청년이 된 정태
너도
네가 아니라
네 적의 적이다

너는 미국의 적이냐 소련의 적이냐
어느 나라 자손이더냐

정태는 술 먹으면
우익 아버지가 보고 싶고
또 술 먹으면
좌익 외삼촌이 보고 싶었다
어린 시절
그를 사랑해 마지않던 사람들
빵 사먹으라고 용돈 주시던 사람
책 사보라고 냉큼 용돈 주시던 사람

　이 시의 주인공 정태는 우리가 모르는, 몰라도 좋을 그 숱한 장삼이사의 한 사람일 뿐이며, 술 마시면 우익 아버지를, 또 술 마시면 좌익 외삼촌을 보고 싶어할 사람이 굳이 정태 한 사람일 리도 없다. 어린 시절, 모두가 서로 사랑했지만 1945년 해방의 감격 이후 그들 모두가 적이거나 적의 적이 되어 보복, 복수가 되풀이되는 참담한 역사 속에서 정태라는 한 무명인의 개별성이 남북 전쟁의 이념적·실제적 대결 속에서 한 민족의 한 보편적인 인물이 되고 있다는 것이 우리 근현대사의 유다른 성격을 이루었다. 이승만·신익희·조소앙·박헌영의 정치인들, 선우휘·이중섭· 임화·권진규의 예술가들, 현인·남인수·김정구에 이르는 한 많은 가수들 등 우리의 기록에 현앙(顯仰)된 인물들만 우리 역사의 공인이 아니었다. 전방에서 죽어간 사병들, 한라산에서 목숨을 잃은 산사람들, 그들을 토벌 한 경찰들, 동대문 시장의 장사꾼, 굶주리는 시골 농사꾼, 완월동의 창녀 들 모두가 바로 우리 민족사의 증인들이었다. 그들의 삶이 어떤 궤도를 그리며 개인사적 이력을 만들었다 하더라도, 그들을 그렇게 만든 것은 역 사의 무게였고 현실의 틀이었으며 시대의 구조였고 우리 민족 모두가 함 께 치러내야 할 공동의 운명이었다. 명망가든 범인이든 그 모두는 "전혀 개인적일 수 없는," 그래서 "궁극적으로 공적인"(1권 「시인의 말」) 존재 이다. 앞의 시에서 '정태'가 가진 소감은 그 개인의 것이지만 그를 그렇게 만든 것은 바로 이념으로 민족이 갈라져 총부리를 맞대고 보복과 복수를 자행하게 된 그 시절의 우리 민족 모두에게 공통된 상황이었고 그럼으로 써 그는 "개인적인 망각과 방임으로" 묻혀둘 개인이 아니라 '서사적 숭엄 성'을 내장한 '공공성'의 인물로 떠오르지 않을 수 없는 인물이다.

이처럼 숱해 많은 사람들을 통해 고은은 우리 역사의 갖가지 모습들을 섬세하게 직조하면서 역사의 진행을 거대한 양감으로 재구성한다. 가령, 1950년 6월 25일의 이 비극적 전쟁이 일어난 날을 맞는 네 사람의 행동이 18권에 잇달아 묘사되고 있다. 「이태랑 중령」은 전날인 토요일 밤 미제 검은 금테안경을 쓰고 포마드 기름냄새를 뿌리며 육군본부 장교클럽 신 축 축하파티에 참석하여 무희들과 지르박, 블루스를 추며 한바탕 즐긴 다 음 "전쟁이 시작된 시각／춤과 정사 뒤／세상 모르고 곯아떨어"진 "춤의 중령 그리고 알몸 중령"이란 타락한 고급 국군장교로 희화되고 있다. 그 러나 「이원섭 대위」는 일요일인 6월 25일 수도극장에서 영화 「애원의 섬」 을 보고 있었다. 그는 꿈 같은 사랑 장면에 빠져 있는 중에 '국군장병은 속히 원대복귀하라'는 마이크 방송을 들었고 당장 그 자리를 빠져나와 트 럭으로 태릉 육사로 갔고 "포천지구 전선에 배치／영화고 연애고 다 때려

치우고/99식 총을 메고/철모를 썼다."'국군장병은 속히 소속부대로 복귀하라'는 방송은 그날 동국대와 고려대의 대학축구 결승전이 벌어지던 서울운동장에도 울렸다. 고려대 주장 겸 골키퍼인 홍덕영은 이 결승전 경기가 중단되면서 "간밤 꿈이 떠올랐다/꿈속에서/그가 군복 입고 군마를 타고 달렸다." 이미 "늙수그레한 남정네 소 한 마리 몰고 피난길 가고 있었다."(「홍덕영」) 그날 새벽, 「어느 장교」의 정영삼 중위는 "콱!/첫 포성에 잠이 달아났다/콱!/어쩌다 들리는 박격포 포성이 아니었다." 여기서 시작된 첫 교전에서 "단번에 중대병력 140명 중 59명이 전사"하고 "정중위는 첫 상이군인이 되었다 피범벅 종아리가 없어졌다." 이 네 사람의 모습을 통해, 전쟁이 발발하던 날의 개전(開戰)을 당하는 우리 군대의 혼란스런 모습들이 겹친 화폭으로 완성된다. 이들을 바라보는 시인의 시선은 야유와 비분, 안타까움과 허망함을 담고 있지만 그 묘사는 객관적이고 그 평가는 공정하다. 그는 전쟁의 옳고 그름이 아니라 인간의 옳고 그름을 다듬고 있는 것이고, 그 태도는 가장 충격적인 비인간적 장면을 폭로하면서도 그렇다.

19권에 묘사되고 있는바, 인류를 극악하게 배반하는 네 경우를 보자. 「오라리」에 주둔한 제주도 토벌대원 셋이 "한동안 심심"해서 장난을 시작했다. 잡힌 노인 임차순과 그의 손자를 불러내 조손간에 서로 따귀를 때리도록 시킨 것이다. 차마 그 짓을 할 수 없는 그들을 마구 차고 발길질해서 "쎄게 때"리라고 강요했고 마침내 "할아버지와 손자/울면서/서로 따귀를 쳤다." 그러고는 "그뒤 총소리가 났다." 시인은 더이상 말할 수 없었으리라. 다만, "제주도 까마귀들 어디로 갔는지 통 모르겠다"고 이 시를 맺음으로써 미물도 돌보지 않는 이 만행의 결과를 처연하게 돌려 보일 뿐이다. 아들을 수색하기 위해 아버지를 말이 되어 엎드리라고 하고 어머니를, 그리고 아내를 그 사람말에 타도록 강제하고 며느리의 옷을 벗겨 시아버지에게 보이라 하여 마침내 숨은 아들을 자수시킨 「홍문봉의 집」(20권) 풍경에서 우리는 시인의 "인간의 끝이 치욕인가"라는 고통스러운 질문에 합세하지 않을 수 없게 된다. 「9·28수복 직후의 어느 풍경」은 상상할 수 없을 정도로 참담하다. "아내가 빨갱이한테 학살당한" 강기환 치안대장은 빨갱이 김백철과 그의 장모를 끌어내 치안대원들이 둘러선 가운데 장모와 사위의 상관을 강요했다. 몽둥이매를 맞으면서 시작된 이 육체적 교섭은 이윽고 "장모와 사위가 절정을 이루었다/멍든 등짝/핏물 튀긴 엉덩이 들썩이며/절정을 이루었다." 강대장은 자신이 강요한 이 장면을 보며 "이런 짐승은 살려둘 수 없지"라고 외쳤고 "그의 총탄이/눈감은 장모와/눈감은 사위 김백철에게 박혔다." 그들이 죽자 그는 화를 낸다. "이 새끼들/왜 이렇게 빨리 뒈져 썅!"「송호식 모자」는 이보다 더한, 천인공노할 장면을 연출한다. 완도가 적치(敵治)에서 수복되자 좌익 송호식과 그의 어머니가 체포된다. 치안대는 송호식을 죽이고 "아들의 간을/어머니의 입에 물라 했다//어머니는 고개를 흔들며 부르짖었다." 목총 개머리판으로 치고 또 치는 형벌을 받고서야 "어머니는 아들의 간을 물고/동네를 돌아다녔다." 그 어머니는 5년형을 받았고 실성해서 "감방에서/발가벗고 소리쳤다/문둥이들이/내 간을 꺼내먹으러 달려온다고." 이 상상할 수 없는 추문을 서술한 뒤 시는 아무 감정 없이 그저, 그 어머니가 "한밤중 벌떡 일어나 소리쳤다/소리치다가 염통 멎어 죽었다"라고 에필로그로 마감한다. 그러나 시인은 이 대목에서 절규했을 것이다. 이 미친 세상아!

　사람들이 실성하지 않을 수 없고 세상이 미쳐날뛰며 시대가 착란했던 것은 어쩌면 우리 근현대사를 가로지르며 한결같이 드러내는 이 같은 인류의 패덕이며 역사의 저주 때문일 것이다. "하나는 일제말 징용으로 가서 오지 않고/하나는 국군 졸병으로 가서 오지 않"아 "두 아들 잃고 미"쳐 짖는 똥개에게 잘못했다고 손 비비며 굽실대는 「미친 노인」(18권), "미친 노인과 미친 청년 티격태격하며 국밥집에 함께 들어"서는 「실성한 사람」(20권), 이 모두가 시대의 사생아들이지만 바로 그 시대가 정신착란의 역사였기에 그들의 불행은 곧 우리 자신의 비극으로 착색되는 것이다. 고은이 많이 소개하는 제주도 사람들은 아마도 그가 제주에서 체류하면서 만나고 얻은 이야기들일 것이다. 4·3사태 때 얌전한 교사 이승진에서 빨치산 지휘관이 되었고 사살되었다는 소문 속에서 '전설이 된' 「김달삼」
(18권), 서북청년단의 건달에서 국방경비대원이 되어 제주도에 상륙하자
"성욕과 살의가 치솟아" 마구 빨갱이로 몰아 마구 죽이고 비바리들을 겁
탈하고서도 서울로 돌아와서는 "아무런 추억도 없이 학살의 기억도 없이
가을부채 외톨이"가 된 「김재복」(18권), "지는 해 등지고 서 있"기를 즐겨
해 별명이 '비석'이 되어 「마지막 수업」(18권)을 마친 후 한라산 빨치산
총지도자가 되어 "벌집 총알 박힌 시체"로 나타난 이덕구, 그리고 그들이
그럴 수밖에 없도록 만든 제주도의 한 서린 역사를 들추는 「무남촌 제사」
(18권), 「임창호 씨 제삿날」 「한라산」 「누가 씨부렁댄다」 「9연대장 김익
렬」 「유해진 지사」 「이청일」 「좌달육」(이상 20권) 등 모두가, 실성한 시대
의 한 모습을 폭로한다. 그리고 그 미친 세상은 제주도만이 아니었고 한
반도 전부에, 거기에 살아 숨을 이어가야 할 우리 모두에게도 함께한 것
이었으리라.

　그러나 우리는 절망만 하는 것은 아니다. 『만인보』의 시인은 구천구백
명의 주검 앞에서 그러나 "꿈틀거리는" 생명을 발견한다. "여자 시체 옆/
아기 시체 있더라/시체가 아니었다 꿈틀거렸다/오호 어린 목숨 하나 꿈
틀거렸다"(19권 「아기」). 그 생명들을 「이장돈 마누라」(19권)와 「이삼봉이
마누라」(19권)가 씩씩하게 기른다. "신당동 이장돈 마누라/억척이라/수
복 후/대한민국에서도 떡장수였고/후퇴 후/다시 인민공화국에서도 떡
장수"로 "공습에도 눈썹 하나 까딱 움직이지 않았던/그녀/어떤 공포도
불안도 알 바 없는" 여인이었고, 생선 행상하는 이삼봉 마누라는 "서방
죽고/아예 아낙이/걸쭉걸쭉 남정네가 되어" 산길에서 강도를 만나면 강
도 꾸짖고 멧돼지 나타나면 멧돼지 쫓아내며 "잠든 세 새끼 있는//봉정
사 밑 오막살이로 가는 길 성마르다/마음 바쁘다." 강인한 이 어머니들,
그 민중적 생명력이야말로, 이 실성한 시대를 버텨내고 패덕한 사람들과
싸우며 착란의 세계를 이겨내어, 새로운 삶을 열어갈 새로운 생명들을 키
워낸 것이다. 그 아기는,

이렇게 살아 있다
이렇게 자라나고 있다
그 포성 속에서
그 폭격
그 굶주린 후방에서
이렇게 어여쁘게 자라났다

——「국민학교 운동장」(20권)

그 아기들이 자라, 『만인보』의 앞선 벽화들에 씩씩한 얼굴들로 등장하는, 70년대 우리 산업화의 역군이 되고 민주화의 전위가 되며 평등 운동의 선봉이 되고 통일운동의 일꾼으로 되었을 것이다.

고은은 신자하의 「난초 그림」(17권)을 보며 이렇게 찬탄한다.

사람을 그리는 데 한을 그리기 어려워라
난초를 그리는 데 향기 그리기 어려워라
향기 그리고 한마저 그렸으니
오죽이나 애 끊일라

나는 고은의 이 '오죽이나 끊일' 애를 느끼며 그가 그린 사람들에게서 한을 듣고 그가 그린 세계에서 향기를 맡으며 그의 만인화(萬人畵)에서 세계와 시대를 읽는다. 그는 내게 사마천의 『사기』를 보라고 권하면서 '청사(聽史)'란 과람한 호를 지어주었다(12권 「김병익」). 그리고 이제, 나는 멀찍한 『사기』 대신, 여기 그가 그려준 거대한 벽화를 보며 분노와 치욕, 절망과 한, 그리고 유명과 사랑이 점철된 그의 '역사'를 듣고 오늘의 삶을 생각한다.

金炳翼 | 문학평론가, 인하대 초빙교수

ㅊ

만인보 19·20

초판 1쇄 발행/2004년 1월 28일
개정판 1쇄 발행/2010년 4월 15일
개정판 3쇄 발행/2015년 12월 23일

지은이/고은
펴낸이/강일우
책임편집/박신규 박문수
펴낸곳/(주)창비
등록/1986년 8월 5일 제85호
주소/10881 경기도 파주시 회동길 184
전화/031-955-3333
팩시밀리/영업 031-955-3399 · 편집 031-955-3400
홈페이지/www.changbi.com
전자우편/lit@changbi.com

ⓒ 고은 2010
ISBN 978-89-364-2849-5 03810
        978-89-364-2895-2 (전11권)